MACHADO DE ASSIS

CONTOS

Tiago Sottilli (org.)

MACHADO DE ASSIS

CONTOS

Edição aos cuidados de
Enid Yatsuda Frederico

1ª edição

EXPRESSÃO POPULAR

São Paulo – 2023

Produção editorial: Miguel Yoshida
Preparação de texto: Cecília Luedemann
Revisão: Aline Piva
Capa: Rafael Stédile
Projeto gráfico e diagramação: Zap Design
Impressão e acabamento: Paym

Dados Internacionais de Catalogação-na-Publicação (CIP)

M149 Machado de Assis: contos / Tiago Sottilli (org.) ; edição aos cuidados de Enid Yatsuda Frederico -- 1.ed.-- São Paulo : Expressão Popular, 2023.
208 p.

ISBN 978-65-5891-097-8

1. Literatura brasileira – Contos. 2. Contos brasileiros. I. Sottilli, Tiago. II. Frederico, Enid Yatsuda. III. Título.

CDU 869.0(81)-4
CDD B869.4

Elaborada pela bibliotecária: Eliane M. S. Jovanovich - CRB 9/1250

1ª edição: maio de 2023

EDITORA EXPRESSÃO POPULAR
Alameda Nothmann, 806 – Campos Elíseos
CEP 01216-001 – São Paulo – SP
livraria@expressaopopular.com.br
www.expressaopopular.com.br
ed.expressaopopular
editoraexpressaopopular

SUMÁRIO

NOTA EDITORIAL

Nos últimos anos, um dos esforços da Expressão Popular tem sido o de contribuir na concretização daquilo que o professor Antonio Candido postulou em 1988: que a literatura é um direito humano, tanto quanto comer, morar, ter acesso à educação. É nesse sentido que publicamos alguns contos de Machado de Assis, um dos maiores escritores não apenas do Brasil, mas na história da língua portuguesa.

Apesar de já existirem muitas coletâneas de textos do nosso autor disponíveis tanto em meio impresso quanto digital, consideramos importante darmos um primeiro passo para trazermos ao nosso público – estudantes, militantes de movimentos populares, educadores e educadoras – alguns contos do bruxo do cosme velho que possam servir como uma introdução a esse universo que é a produção literária de Machado de Assis. Os seus escritos nos propiciam um conhecimento da realidade a partir das relações sociais estabelecidas entre os personagens e desperta nossa percepção para a maneira, a forma de composição das histórias.

Agradecemos a Tiago Sottilli que solidária e militantemente organizou esta seleção e preparou uma apresentação

apresentação para este volume contribuindo com algumas chaves de leitura dos contos.

Para o estabelecimento do texto desta seleção de contos de Machado de Assis, contamos com o cuidadoso trabalho de cotejo da professora de literatura brasileira e teoria literária Enid Yatsuda Frederico. Tomamos como base as edições da Nova Aguilar e os *50 contos de Machado de Assis*, selecionados por John Gledson e publicados pela Companhia das Letras. Enid Frederico também é responsável pela elaboração do glossário desta edição, parte fundamental do projeto de leitura compartilhada que marca as edições dos clássicos da literatura brasileira publicadas pela Expressão Popular.

Agradecemos a solidariedade de Tiago e Enid na tarefa de elaborar conosco essa coletânea que tanto pode contribuir para a formação de leitoras e leitores críticos das estruturas opressoras e expropriadoras do povo brasileiro.

Os editores

LER – COMPARTILHAR

Cláudia de Arruda Campos

Uma pessoa, um livro, o silêncio – esta é uma imagem clássica da leitura. Há séculos nossos olhos percorrem os textos sem que externamente nenhum som se manifeste. Mas no íntimo de quem lê, e no entorno da leitura, muitas vozes sussurram. A primeira, de natureza física, é a do próprio leitor, que ouve internamente aquilo que lê em aparente silêncio.

Outras vozes, cuja presença nem sempre percebemos durante a leitura, são aquelas do diálogo constante entre o que diz o texto e as experiências do leitor: experiências de vida e de leitura. Se essa conversa falha ou empaca, empaca a leitura. Ou desistimos imediatamente do texto, achando que ele nada tem a ver com a gente, ou nos interrogamos: o que isso quer dizer? Se a dúvida for de alguma forma resolvida, se encontramos a ponte entre a informação nova e aquilo que somos ou aquilo que já sabemos, o contato prossegue.

Mais vozes: aquelas que nos levaram a determinado texto. Chegamos a uma obra por alguma referência: alguém nos falou dela; tínhamos lido algo a seu respeito, a respeito do autor, do tema, do personagem, do contexto cultural, histórico;

ou apenas havíamos dado uma passada de olhos em algum trecho, ou na capa, e fomos chamados para dentro do livro.

Muitas vezes, leitura feita, a nossa voz se externa: temos o desejo de comentar com alguém. Como a pedra jogada na água, os círculos se expandem, ondas de vozes, levando e trazendo novas leituras.

Promover leitura passa por ajudar a perceber essas vozes e colocá-las em ação. Para isso pode haver bons exercícios, mas nada que supere nem dispense a única "técnica" imprescindível – o compartilhar. E esse compartilhamento pode se dar de várias formas, do comentário e sugestão de leituras até o ler com, ler junto, e mesmo o ler para alguém se, por algum motivo, essa pessoa não pode decifrar a letra ou as vozes do texto.

Ler com. Algumas imagens de leitura, que não a do isolamento, aparecem em quadros e gravuras antigas: duas pessoas leem juntas o mesmo livro. E essas imagens não passam a ideia de compartilhamento forçado, mas de calorosa intimidade. Duas ou mais pessoas lendo o mesmo texto, ainda que cada uma tenha seu próprio exemplar em mãos, parece esbater a frieza ou insegurança de que alguns se ressentem na leitura inteiramente individualizada. Ler, interromper, comentar, perguntar, rir ou se emocionar em companhia podem ser meios estimulantes para o melhor aproveitamento, seja de um texto envolvente, seja de um texto que requisite maior esforço.

Ler para. Outras imagens reforçam a ideia de compartilhamento: um adulto lê, ou conta histórias para a criança pequena; um círculo de pessoas, olhos e ouvidos ávidos dirigidos a um contador de histórias. As duas situações relacionam-se, geralmente, a estágios em que não se tem ainda acesso aos mistérios da escrita e nos quais a transmissão tem que se fazer pela oralidade. Embora presas a um tempo superado, ou a ser superado para se chegar à leitura, essas situações têm alguma coisa a nos sugerir. O encantamento do ouvir pode, em certas situações, estimular o ler. Explica-se: a história narrada, o poema declamado, o discurso proferido, a aula, todas essas modalidades baseadas na comunicação oral, permitem que se vá processando a apropriação de formas, estruturas, tons, o reconhecimento de assuntos e gêneros. Isso é importante para que o leitor (ou futuro leitor) vá adquirindo segurança, sentindo-se pisar num terreno que não é inteiramente desconhecido. Daí talvez o fato de que a leitura em voz alta permita uma maior compreensão de um trecho mais difícil. O som das palavras nos torna familiar aquele mundo que nos é transmitido.

Qualquer das vozes que acompanham a leitura só se fixa em nós se a ouvimos e distinguimos verdadeiramente. Isso demanda tempo e atenção, que são sempre variáveis: cada leitor, assim como cada texto, tem um ritmo próprio. Promover leitura entendendo-a como um compartilhamento pressupõe o respeito pelos ritmos e a aceitação dos vários movimentos que ocorrem nessa prática, tais como divagar e voltar ao texto; perguntar-se e resolver; voltar atrás e reler; interromper e continuar.

APRESENTAÇÃO

TIAGO SOTTILLI[1]

Joaquim Maria Machado de Assis nasceu no Rio de Janeiro em 1839, a 21 de junho. Neto de escravo alforriado, seu pai foi um mulato pintor e dourador, Francisco José de Assis, e sua mãe, portuguesa imigrada para o Brasil ainda menina, Maria Leopoldina Machado de Assis. Nosso autor teve origem humilde; ficou órfão de mãe aos 11 anos, seu pai casou-se novamente com uma mulher chamada Maria Inês. Aos 15 anos já teria começado a trabalhar, vendendo, na escola, doces feitos por sua madrasta. Nessa idade já se documentam seus primeiros textos, poemas, que não inovam, porém suas primeiras crônicas e crítica literária já impressionam pela criticidade e engajamento às questões políticas da época. Aos 18 anos o jovem Machado trabalha como caixeiro e tipógrafo, passando, depois disso, a trabalhos letrados até o final da vida: foi revisor de jornais e revistas e escritor, por isso jornalista, e mais tarde funcionário público na condição de administrador.

---

[1] Formado em Licenciatura em Educação do Campo pela Universidade de Brasília (2011). Doutor em literatura brasileira pela Universidade Federal do Rio Grande do Sul (2019). Militante do MST desde 2001. Pesquisador da obra de Machado de Asssisz

É válido saber que o Brasil de Machado de Assis é o Rio de Janeiro, que se modificou muito rápido: "a cidade imunda dos anos de 1830 conhece um surto de desenvolvimento com o auge da produção do café nos anos 1850." (Assis, 2015, p 10). A cidade também se sofistica, recebendo uma quantidade de jornais novos, peças teatrais, livrarias, música etc. A partir de meados da década de 1850 até sua morte, em 1908, Machado produziu incessantemente, atingindo o auge ou a maturidade literária a partir dos anos de 1880. Casou-se no final dos anos de 1860 com Carolina Xavier de Novais, que foi sua companheira até o fim da vida. Na altura dos 40 anos se manifesta sua epilepsia e mais um problema nos olhos; teme ficar cego, o que felizmente não aconteceu. Nesse período, recebe uma comenda do Imperador, que o habilita e o incorpora ao serviço público. Com o casamento e a comenda nosso autor tem uma vida tranquila, num país que fervilha transformações.

Nada mais aceitável, em se tratando de Machado de Assis, do que dizer que o que prevalece na obra literária é a representação da realidade. Neste caso a realidade Brasileira do século XIX, especialmente. Uma representação tanto refletida como espelhada. Torna-se mais significativo para a obra o modo como certos elementos são representados do que o que tais elementos representam em si. Antonio Candido (2000) diz que há a necessidade de "modificação da ordem do mundo justamente pra torná-la mais expressiva"; e, poderíamos dizer, para torná-la mais candente e até mesmo mais vívida.

Em se tratando de conto, esta afirmação fica evidente, de tal forma que parece que o escritor põe a realidade numa caixa e a balança até que os dados correntes do cotidiano reapareçam de forma difusa, ou até mesmo confusa, em muitos casos. Contudo, o escritor não deixa tudo à mostra, evidencia algumas coisas, outras, porém, esconde ou negligencia. Vale muito a pena, para o conto, o princípio do *iceberg* firmado por Ernest Hemingway (1988, p. 67), de que "só se vê um oitavo, os outros sete estão debaixo d'agua". Para a leitura "tudo o que você sabe e pode eliminar só fortalece o *iceberg*".

Não é possível precisar a origem do conto no Brasil. É verdade que o romance sempre ocupou um lugar mais destacado, deixando ao conto um lugar secundário nas expressões literárias. Certo é que o gênero surge com mais relevância no Brasil a partir do ascenso do jornal no cotidiano nacional em meados do século XIX. Tanto é fato que Machado publica todos os seus contos em jornais; sua reunião em livros ou foi feita pelo próprio autor depois, ou postumamente, em alguns casos.[2] Edgar Cavalheiro delimita o surgimento do conto como sendo em 1841, com a publicação de "Duas órfãs", de Norberto de Sousa e Silva. Lima Sobrinho (1960, p. 10), no entanto, destaca que o "precursor do gênero no Brasil é Machado de Assis", com a publicação de "Três tesouros perdidos", de 1858. Segundo este autor, "se exigirmos um mínimo de qualidade literária", o conto literário começa mesmo com Machado. E note-se que em 1858 ele ainda não era o grande escritor que se tornaria adiante.

Em 1896, no lançamento do seu quarto livro de contos, *Várias histórias,* Machado cita no epílogo dois grandes escritores de literatura fantástica, Edgar Alan Poe e Merimée, o que não é casual. Afrânio Coutinho (1971, p. 42) diz que "a referência aos dois grandes mestres não é fortuita e revela uma evidente preferência por este tipo de literatura". Tal preferência permanecerá como marca machadiana no conto, e no roman-

---

2 É possível obter todas as informações em machadodeassis.net sobre os volumes de jornal em que cada conto apareceu pela primeira vez, e em qual livro tal conto foi organizado depois. Além dos contos, Machado publicou os primeiros romances em jornal, inclusive *Memórias póstumas de Brás Cubas* (1881) foi publicado de dez em dez capítulos.

ce também. Veremos adiante sua tendência à fantasmagoria, à atmosfera misteriosa, ao fantástico. Contudo, em terreno brasileiro, a tendência ganha outra preponderância, já que aqui nos acostumamos com o abissal.

O importante contista argentino Julio Cortázar (1974, p. 151-152), no artigo "*Alguns aspectos do conto*", diz que "o contista sabe que não pode proceder acumulativamente, que não tem o tempo por aliado; seu recurso é trabalhar verticalmente, em profundidade". E ao diferenciar o romance do conto nos presenteia com a metáfora: "o romance ganha sempre por pontos, enquanto o conto deve ganhar por *knock-out*". Eis uma boa explicação que pode ser entendida lendo Machado, que sempre condensa o tempo em seus contos. Se, por alguma razão o tempo é extenso, o autor acha um jeito de o subverter.

Embora Machado de Assis não tenha elaborado sua teoria sobre conto, o que pensamos a respeito deste gênero hoje e como podemos defini-lo passa pelas noções que ele deixou e escreveu. Então, direta ou indiretamente, quando um leitor ou um autor se deparam com tal gênero, estão diante das questões que Machado elaborou, querendo ou não.

O conto como gênero literário é fruto, talvez, da especialização moderna. Sua solidificação é relativamente recente quando pensamos na história geral da literatura. O romance também é um gênero moderno, saído de catacumbas medievais para a novidade de uma sociedade manufatureira em meados dos séculos XIV e XV. Neste sentido o conto possui um sentido original inescapável, do qual os grandes autores se deliciam em não fugir. Trata-se, como definiu Edgar Alan Poe (1987), do "efeito e da extensão" como molas mestras da composição contista. Acrescentemos às duas características mais uma: o desfecho. Assim teremos uma mostra mais precisa da formatação do conto, embora nada disso seja rigidamente estático, como uma receita de bolo. Trata-se, antes, de uma tentativa didática de definição do gênero.

Julio Cortázar (1974, p. 122) alerta que "o conto é uma verdadeira máquina de criar interesse", e compara o contista ao fotógrafo que busca algo que abranja o significado pelo qual almeja e "que tenha a capacidade de atuar no espectador ou no leitor como uma espécie de abertura, de fermento que projete a inteligência e sensibilidade" (p. 151). Por esse caminho, o conto está longe de ser um gênero com soluções fáceis e simplificadas. Ele oferece tanto ao escritor quanto ao leitor sempre algo incômodo, de difícil acesso, o que constitui o seu grande fardo tal como consolidado entre nós.

Lendo os contos do Machado, estamos quase sempre diante de uma ou mais histórias, pelo menos duas. Ricardo Piglia (1994, p. 37) disse que "um conto sempre conta duas histórias, uma visível e outra secreta". Embora o tom jocoso da afirmação nos remeta a algo anedótico, seguramente seu interesse não caminha nessa direção. E podemos pensar na tensão que há entre uma suposta história visível, aparente, e uma história secreta e velada, até que tal tensão favoreça a interpretação, ou mesmo a composição, de tal modo, que ao final, uma não pode existir sem a outra. Piglia (1994, p. 39) descreve isso como enigma e resume: "não se trata de um sentido oculto que depende de interpretação. O enigma não é senão uma história que se conta de modo enigmático".

Tomemos como exemplo *Teoria do medalhão,* que faz parte desta coletânea. Aparentemente, trata-se de uma conversa trivial em que um pai dá conselhos ao filho sobre a vida, sobre futuro. No entanto, a narrativa, quando tomada em sua totalidade, ganha ares de um tratado de classe. Note-se que a sugestão do pai ao filho é algo sem valor, que é ser um "medalhão". Diz ele ao filho, depois de explicar a profissão: "tu, meu filho, se me não engano, pareces dotado da perfeita inópia mental, conveniente ao uso deste nobre ofício" (ver, adiante, p. 32). E acrescenta o pai, depois de imaginar o filho já medalhão: "começa nesse dia a tua fase de ornamento, indispensável, de figura obrigada, de rótulo" (ver, adiante, p. 39). Neste sentido, tudo que o pai acautela ao filho é nada mais que a capacidade de ser um nada, que para ele é o que realmente importa. Assim, Machado constrói uma cena que dura somente uma hora, e a narrativa, pela densidade, parece mesmo durar este tempo. E apesar de o tempo para o pai e para o universo da narrativa ser fundamental, ele é ao mesmo tempo dispensável, pois o os ensinamentos transcendem as barreiras temporais.

Dessa forma, o que parecia ser um diálogo, pois vem anunciado no título, ganha feições de um monólogo enigmático, em que o filho interpela o pai algumas vezes, porém sem profundidade. Por trás desse monólogo audocioso e eloquente se esconde um vazio deste pai-aconselhador e do filho-aconselhado, que é justamente o significado do rótulo, de "substantivos desadjetivados" (ver, adiante, p. 39), de palavras vazias. Guardadas as proporções e antecipação rápida do argumento, o que o pai acautela ao filho é o *fetiche* e ao dizer isso expõe um tratado para a própria sociedade, pois lembremos o início do conto quando chama o filho: "vinte e um anos, algumas apólices, um diploma" (ver, adiante, p. 29), ou seja, pertencem à classe dirigente e por isso mesmo o *luxo* de convencer o filho de algo sem lastro, sem valor, que no fundo é a própria forma mercantil, nascente no século XIX. Ao final, o tom enigmático não é suplantado pela trivialidade da conversa entre pai e filho. Os dois tons se fundem em um só, embora cada um permaneça à sua maneira.

Antonio Candido (2000, p. 47), já mencionado aqui, diz que "a arte, e portanto a literatura, é uma transposição do real para o ilusório por meio de uma estilização formal, que propõe um tipo arbitrário de ordem para as coisas". John Gledson (2006, p. 59), outro leitor importante de Machado, alerta que nos contos ele "lida com um grupo social mais amplo, muitas vezes marginalizado: crianças, escravos, agregados e moradores pobres da cidade", que de alguma forma não tiveram tratamento "merecido" nos romances, embora tais caracteres apareçam nestes, nos contos eles ganham destaque.

Vejamos, por exemplo, *O caso da vara*. Narrativa em certo sentido jocosa do menino Damião, que foge do seminário e se refugia em casa de Sinhá Rita, amiga do pai de Damião. Até aqui, tudo relativamente normal para um adolescente, buscar refúgio longe do pai, que supostamente seria mais enérgico com a fuga do filho. Em meio aos diálogos narrados em terceira pessoa há uma negociação de Sinhá com o pai por intermédio de João Carneiro, tio do menino. Ocorre que ela mantinha uma pequena tecelagem com trabalhadoras escravas: "Sinhá Rita vivia principalmente de ensinar a fazer renda, crivo e bordado" (ver, adiante, p. 70). Mantinha uma dúzia de escravas, entre elas, Lucrécia. O menino Damião logo se aclimatou e numa das conversas fez Lucrécia rir, que foi ameaçada por Sinhá com uma vara. Damião se deu conta da moça quando ela riu e em seguida o narrador a descreve: "era uma negrinha, magricela, um frangalho de nada. [...]Contava onze anos" (ver, adiante, p. 72. O desfecho da narrativa é uma troca de favores, pois, ao final do dia Lucrécia não havia terminado a tarefa e Sinhá foi castigá-la; contudo, ao agarrá-la não conseguia alcançar a vara, a que Damião, hesitante por algum instante, alcança e a menina é agredida.

Uma leitura mais cuidadosa notará que Lucrécia nunca vem ao primeiro plano da narrativa – isso, por si só já demonstra uma questão estrutural da sociedade. Contudo, a violência é levada ao extremo: primeiro pela força do trabalho imposto; segundo pelo tipo físico de Lucrécia, que é um nada, e não é à toa; e terceiro pelo castigo propriamente dito. A ambientação doméstica da narrativa demonstra total impunidade, não somente pelo regime, que ficou historicamente impune, mas pela inescrupulosa força com que Lucrécia é atacada, não tendo a quem recorrer. Neste sentido, além do favor, que é comum a esse ambiente doméstico, o conto radicaliza na narrativa da crueldade e da violência.

Note-se que os três personagens mais relevantes da história possivelmente não teriam lugar destacado nos romances. E, embora Lucrécia não venha ao primeiro plano da narrativa, sua presença é a mais forte no conto. Ela é o motor da história narrada. É o centro gravitacional do enredo. Sem ela o enredo não possui razão e a partir dela se vê todas as outras escravas que de fato não aparecem na narrativa. Aqui reside o componente da "violência" nos contos, que não foi inventado por Machado, mas ganha uma forma evidente que, na realidade, sempre aparece com tendência ao escamoteio, ao negligenciamento. Segundo Candido (1995, p. 26), na obra machadiana desaparece "a preocupação com as modas dominantes e o aparente arcaísmo da técnica", de tal forma que o interesse não reside na reprodução da realidade, mas, muitas vezes, "criando perplexidades não resolvidas". Que é o caso, por exemplo do *Conto de escola.*

Essa forma machadiana de nunca anunciar o que realmente é, embora diga o que de fato está pretendendo dizer, diz respeito tanto à forma quanto ao conteúdo, em alguns casos num grau mais elevado e radical, em outros num grau mais cândido e simplificado. Em *Conto de escola* temos realmente uma sessão escolar, com professor e alunos, um ambiente urbano escolar do século XIX, em que a "palmatória" ainda se fazia presente. Ou seja, temos constituído um ambiente de aprendizagem. Contudo, o que Machado põe em questão é o tipo de aprendizagem.

Neste caso, Pilar, o personagem principal, hesita por algum tempo, mas resolve ir à escola. Em sala de aula, conta ele, faz a lição para um colega em troca de uma "pratinha", ação descoberta pelo professor Policarpo, que o castiga, ele e o filho, Raimundo, colega beneficiado pelo serviço de Pilar e quem deu a pratinha. Os dois sofrem um castigo violento, da palmatória. Cabe dizer que Pilar resolve ir à escola para escapar dos castigos do pai. Informação importante é o fato de que Pilar e Raimundo foram delatados por Curvelo, do contrário o negócio teria êxito e o professor certamente não teria descoberto. O conto vem narrado em primeira pessoa; Pilar é o personagem narrador que ao final diz a sentença máxima da aprendizagem escolar: "e foram eles, Raimundo e Curvelo, que me deram o primeiro conhecimento, um da corrupção, outro da delação" (ver, adiante, p. 67). Além da violência, ora explícita, ora velada que o conto traduz, há uma sentença incômoda: a de que escola é lugar de aprender a prevaricar, algo que parece inconcebível. Além disso, o conto possui uma vivacidade pontual histórica. Cabe lembrar que o narrador anota a seguinte marcação temporal: "não esqueçam que estávamos então no fim da Regência, e que era grande a agitação pública" (ver, adiante, p. 60). Essa frase seria, talvez menos importante se estivesse contextualizada e se o assunto direto do conto fosse esse; nenhuma das duas coisas. É um comentário próprio do tipo de narrador machadiano; no momento em que esse comentário é feito, o assunto são as feições do professor, seu tipo físico, seu método e assim por diante. Sua anotação nesta altura pode ser interpretada de modo direto, que o conto é, também, algo satírico sobre o período em que ocorreu no Brasil o "golpe da maioridade", quando Pedro de Alcântara obteve a maioridade por decreto em 1840.

Mas para além da discussão histórica, que é latente e perfeitamente viável, o conto carrega o incômodo da decisão dúbia do menino Pilar, em que, primeiramente ele decide entre "o Morro de São Diogo e o Campo Sant'Ana" e acrescenta: "Morro ou campo? Tal era o problema" (ver, adiante, p. 57). É importante recordar que o que pesa na decisão de ir à escola é a violência do pai. Ao final, depois do ocorrido, de ter recebido a pratinha, ter sido descoberto e levar uma surra do professor, Pilar retorna na direção da escola buscando a pratinha que o professor atirara pela janela, mas é demovido do intento, pois na rua encontrou "uma companhia do batalhão de fuzileiros [...]. Não fui à escola, acompanhei os fuzileiros" (ver, adiante, p. 67).

A "perplexidade" aqui reside no fato de que no ambiente escolar tais personagens, outrora secundarizados mas agora em primeiro plano, não aprendem nada do que se poderia imaginar que aprenderiam normalmente. Fica, portanto, o leitor perplexo, ao saber que nesse caso a escola serve ao incongruente, ao desajuste, e que de fato Pilar toma a melhor decisão no desfecho – de tal modo que o leitor entende, mas não aceita – e ele permanece como uma *chaga* da história, ainda não resolvida, sequer encarada.

Os contos de Machado caminham nessa direção. Machado de Assis "se delicia em ser incompreendido" (Meyer, 2015, p. 34). Toda obra machadiana possui a tendência à dubiedade, ou a uma variedade de sentidos; nunca o que foi dito é somente aquilo está denotado no texto. Os significados são múltiplos. Lembre-se, por exemplo, da eterna dúvida sobre o adultério de Capitu em *Dom Casmurro*, que só pode ser compreendido de maneira profunda pela leitura acurada sobre seu narrador. Neste ponto reside a densidade machadiana, em que as histórias são labirintos que a cada curva, a cada beco, emergem descobertas, avanços e recuos, para desvelar o fundamental, que os pontos estão aí, cabe ao leitor as conexões necessárias para melhor entendimento do enredo. Tal multiplicidade de sentidos pode ser averiguada no conto "Adão e Eva", em que o sr. Veloso narra a sua versão da história de Adão e Eva e, ao final, depois da eloquente interpretação, pediu mais doce a dona Leonor, momento em que todos duvidaram da história que contara, ao que o *juiz de fora* conclui: "pensando bem, creio que nada disso aconteceu; mas também, D. Leonor, se tivesse acontecido, não estaríamos aqui" (ver, adiante, p. 134). Ao ver que a história que acabara de narrar causou certa repulsa dos ouvintes, o senhor Veloso volta atrás para poder "saborear a coisa primorosa", que é o doce, e, em certa medida, é o próprio fruto proibido, que no caso deles resguarda sua existência, e simboliza a própria ação poética de Machado de Assis, forçando um pouco o argumento, no sentido de que conta coisas escabrosas, ao mesmo tempo em que as relativiza, dando um tom ameno àquilo que não possui amenidade, justamente para causar o desconforto e a desconfiança que tomou conta da mesa em que o juiz de fora estava recontando a história da criação divina.

Contudo, além de muitos outros pontos, a atmosfera misteriosa que Machado cria em seus contos é para lá de deliciosa. "A causa secreta", "A cartomante", "Entre Santos", "O segredo do Bonzo", "O espelho" são exemplos dessa característica.

Destacamos "O segredo do Bonzo", narrativa em que dois personagens saem em busca da teoria das teorias, e a encontram. Estando o narrador e Diogo Meireles andando pelas ruas de Fuchéu, depararam-se com duas cenas curiosas, dois homens discursando ao público. O primeiro dissertava sobre a descoberta da "origem dos grilos", o outro, sobre "o princípio da vida futura". Curiosos, procuraram um terceiro personagem, Titané, que conhecia o rei dos reis da sabedoria; foram os três ao encontro deste senhor, que tinha "cento e oito anos" (ver, adiante, p. 106) e atendia pelo nome de *Pomada*. O ancião começa a dissertar sobre o conhecimento, que é a razão da visita dos três ao homem. Depois de um pequeno monólogo, o ancião lhes diz que chegou enfim, certa vez, à "doutrina salvadora". Que era senão o fato de algo "existir na opinião, sem existir na realidade, e existir na realidade, sem existir na opinião, a conclusão é que das duas existências paralelas a única necessária é a da opinião" (ver, adiante, p. 107).

Depois da "aula", cada um a seu modo foi testar na prática a tal teoria. Desnecessário contar das duas primeiras, mas levar a leitura ao desfecho, à última experiência, que é a mais abissal, realizada por Diogo Meireles. Sofria a população de Fuchéu de certo inchaço no nariz, "uma singular doença" (ver, adiante, p. 111) como caracterizou o narrador. Diogo, que era médico, concluiu que não haveria problema em "desnarigar" as pessoas, contudo, não conseguiu convencer as pessoas de tal feito. Algum tempo depois, quando reuniu todos novamente, disse que poderia substituir o nariz disforme por um nariz são, mas "de pura natureza metafísica" (ver, adiante, p. 112). E assim o fez. "Diogo Meireles desnarigava-os com muitíssima arte; depois estendia delicadamente os dedos a uma caixa, onde fingia ter os narizes substitutos" (ver, adiante, p. 113).

A cena fala por si só. Este conto talvez resuma a ideia geral dessa coletânea. Aqui se encontra, de forma lateralizada, mas importante: a marca da violência; a atmosfera misteriosa; o tom anedótico, como que parecendo uma brincadeira infantil; o sentido aberto e amplo da interpretação, em que se pode discutir, a partir da leitura do conto, a filosofia, a ideologia, o senso comum, o poder da propaganda, e até mesmo questões atuais, pelas quais estamos imbuídos em explicar e desfazer alguns mal-entendidos.

O principal leitor de Machado no Brasil, Roberto Schwarz (1981, p. 48), ao analisar *Memórias póstumas de Brás Cubas* destacou a originalidade do autor que de alguma forma aparece de forma latente no conto citado anteriormente. Para ele, Machado é "complexo, moderno, nacional e negativo" – quatro adjetivos muito facilmente encontrados não só no romance, mas também em "O segredo do Bonzo" – e "ajustou um procedimento artístico no qual a realidade burguesa corrente, seja ideológica, sintática, estética, é regularmente sujeitada à veleidade pessoal", neste caso, às veleidades do narrador, quase sempre volúvel, que dá rodopios e piruetas diante do leitor. Pensemos que o narrador do conto mencionado joga para Diogo Meireles a inusitada experiência; se ela é tão extraordinária, por que não atribuir a si mesmo? Porque sabe que ela é disparatada e despropositada, além de cruel e enganosa. Esse método de composição é "moderno" não só por ser novo, mas porque ainda hoje sobrevive, nunca perdendo a originalidade; é "complexo" porque exige um narrador duplo, ao mesmo tempo inserido organicamente no enredo e podendo se afastar dele para melhor enxergá-lo; é genuinamente "nacional" porque só é possível em terreno social em que há um desajuste entre a realidade corrente e as explicações que se tem dela; e, por fim, é "negativo" não somente porque Machado é um "não romântico", mas sobretudo porque geralmente o efeito realista é radicalizado a um nível elevado de notação histórica, o que por vezes desanima o leitor. Schwarz (1981, p. 50) acrescenta que "há diferenças de timbre entre o drama de nossa elite e a prosa de Machado"; aqui está a originalidade da prosa machadiana: "ajudada pelo desapego que a ficção permite, os aspectos grotescos estão explicitados e degustados".

Pelos aspectos levantados aqui, e outros, podemos dizer que Machado de Assis é um autor "atualíssimo". Em seus contos, encontraremos tanto a conjuntura atual quanto a explicação de consumação e construção dela, seus antecedentes históricos, suas raízes mais profundas e sempre o seu desajuste com a perspectiva de nação que se almeja.

Finalmente, como chegamos a essa seleção num universo de 110 contos que Machado escreveu durante a vida? Foram três aspectos que serviram de critério para a seleção desta coletânea: o tema da *infância*; o modo do *realismo* machadiano; e sua figuração da *desfaçatez de classe.*

O primeiro deles diz respeito a uma ideia machadiana ainda nada explorada, de que Machado estava elaborando uma espécie de "pecado original", no sentido de que se incumbiu em narrar o que para ele era uma matriz de formação da sociedade brasileira. Os personagens infantis de "Teoria do medalhão", "Verba testamentária", "Conto de escola", "O caso da vara" e "Uns braços" figuram a ideia de traçar os primórdios daquilo que conhecemos hoje como relações sociais tipicamente brasileiras.

Os contos "O empréstimo", "O segredo do Bonzo", "Conto alexandrino", "Adão e Eva" e "Ideias de Canário" tratam da consolidação, ou da consumação poética de Machado. Amplamente falando, neles é possível averiguar, de forma resumida, em última instância, o seu realismo. Importante notar que o realismo machadiano não é aquele que reproduz seu ambiente somente, ou seja, o meio pelo qual Machado alcança seu realismo não é necessariamente reproduzindo sua realidade, mas mostrando como ela pode ser vista e questionada.

A premissa, a *desfaçatez de classe*, tese amplamente difundida e consolidada na poética machadiana, está presente em "O espelho", "A cartomante", "A causa secreta", "Um homem célebre" e "Entre Santos". Vale destacar este último, uma narrativa de um fato extraordinário que acontece no interior de uma igreja. A desfaçatez está por todo o conto, do princípio ao fim. No início o narrador diz "Quando eu era capelão de S. Francisco de Paula (contava um velho padre)" (ver, adiante, p. 183). A história contada na sequência não pode ser creditada ao narrador pois segundo ele mesmo, no instinto aguçado de autodefesa, quem contava não era ele, mas um velho padre. Tal história envolve suborno, adultério, roubo, peculato, mesmo assim está entre as histórias mais deliciosas de Machado de Assis, porque coloca os santos, descidos de seus nichos, falando e analisando a raça humana.

Estes três aspectos da obra machadiana suscitam outros tantos e se entrecruzam formando uma ideia de "nacionalidade" ou "brasilidade", construindo outras três categorias advindas destas, em que *infância* está ligada à ideia de início, de primórdios; *realismo,* à ideia de *sátira,* e não ironia, como o senso comum da crítica difundiu; e, por último, a questão de *classe* ligada à ideia de *nação,* e por isso surge a questão da *formação* como uma espécie de matriz formativa nacional.

Esperamos que essa coletânea ofereça ao leitor as mais diferentes interpretações, as mais diferentes posturas diante da variedade de personagens aqui reunidos. Compartilhamos da concepção de Antonio Candido (1989, p. 113), em "O direito à literatura", de que "a literatura confirma e nega, propõe e denuncia, opia e combate, fornecendo a possibilidade de vivermos dialeticamente os problemas".

Março de 2023.

Referências

ASSIS, Machado de. *Obra completa de Machado de Assis.* Quatro volumes. Organização editorial Aluizio Leite... [et al.] – São Paulo: Nova Aguilar, volumes II e III, 2015.

ASSIS, Machado de. *Memórias Póstumas de Brás Cubas; Quincas Borba; Dom Casmurro.* Coordenação editorial, biografia do autor, cronologia e panorama do Rio de Janeiro por Luís Augusto Fischer: Porto Alegre. L&PM, 2008.

CANDIDO, Antonio. Esquema de Machado de Assis. In: CANDIDO, Antonio. *Vários escritos.* 3.ed. revista e ampliada. São Paulo: Duas Cidades, 1995. pp. 17-37.

CANDIDO, Antonio *Literatura e Sociedade.* 8.ed. São Paulo: T.A. Queiroz/Publifolha, 2000

CANDIDO, Antonio *Direitos Humanos e literatura.* In: A.C.R. Fester (Org.) *Direitos humanos E...* Cjp / Ed. Brasiliense, 1989.

CORTÁZAR, Julio. Poe: o poeta, o narrador e o crítico In: CORTÁZAR, Julio. *Valise de Cronópio.* São Paulo: Editora Perspectiva, 1974. pp.103-135.

COUTINHO, Afrânio. *A literatura no Brasil.* Vol. I. Rio de Janeiro: Editorial Sul Americana, 1971.

GLEDSON, John. *Machado de Assis: ficção e história.* Rio de Janeiro: Paz e Terra, 1986. GLEDSON, John. *Por um novo Machado de Assis*: ensaios. São Paulo: Companhia das Letras, 2006.

GLEDSON, John. *Contos uma antologia, volume I e II/ Machado de Assis: seleção e notas Jonh Gledson.* São Paulo: Companhia das Letras, 1998.

GLEDSON, John. 50 contos de Machado de Assis. São Paulo: Companhia das Letras, 2007.

HEMINGWAY, Ernest. Ernest Hemingway. OS ESCRITORES: as históricas entrevistas da Paris Review. São Paulo: Cia das Letras, 1988. pp. 51- 70.

LIMA SOBRINHO, Barbosa. *Panorama do Conto Brasileiro.* vol. 1 Os precursores do conto no Brasil. Rio de Janeiro, São Paulo, Belo Horizonte: Civilização Brasileira, 1960.

Meyer, Augusto. O homem do subterrâneo. *in Assis,* Machado. *Obra completa,* volume 1, página 34, Nova Aguilar, 2015.

POE, Edgar Alan. A filosofia da composição. In: POE, Edgar Alan. *Poemas e ensaios.* Rio de Janeiro: Globo, 1987. pp. 109-122.

PIGLIA, Ricardo. Teses sobre o conto. In: PIGLIA, Ricardo. *O laboratório do escritor.* São Paulo: Iluminuras, 1994. pp. 37-41.

SCHWARZ, Roberto. Complexo, moderno, nacional e negativo. *Novos Estudos Cebrap.* São Paulo, v. 1, p. 45-50, 1981.

TEORIA DO MEDALHÃO[1]

Diálogo[2]

(*Papéis avulsos*, 1881)

– Estás com sono?

– Não, senhor.

– Nem eu; conversemos um pouco. Abre a janela. Que horas são?

– Onze.

– Saiu o último conviva do nosso modesto jantar. Com que, meu peralta, chegaste aos teus vinte e um anos. Há vinte e um anos, no dia 5 de agosto de 1854, vinhas tu à luz, um pirralho de nada, e estás homem, longos bigodes, alguns namoros...

– Papai...

– Não te ponhas com denguices, e falemos como dois amigos sérios. Fecha aquela porta; vou dizer-te coisas importantes. Senta-te e conversemos. Vinte e um anos, algumas apólices, um diploma, podes entrar no parlamento, na magis-

---

[1] Medalhão: (fig) indivíduo importante; figura de projeção.

[2] Este conto foi publicado pela primeira vez na *Gazeta de Notícias,* em 18 de dezembro de 1881, assinado por Machado de Assis.

tratura, na imprensa, na lavoura, na indústria, no comércio, nas letras ou nas artes. Há infinitas carreiras diante de ti. Vinte e um anos, meu rapaz, formam apenas a primeira sílaba do nosso destino. Os mesmos *Pitt*[3] e *Napoleão*[4], apesar de precoces, não foram tudo aos vinte e um anos. Mas, qualquer que seja a profissão da tua escolha, o meu desejo é que te faças grande e ilustre, ou pelo menos notável, que te levantes acima da obscuridade comum. A vida, Janjão, é uma enorme loteria; os prêmios são poucos, os malogrados inúmeros, e com os suspiros de uma geração é que se amassam as esperanças de outra. Isto é a vida; não há planger, nem imprecar, mas aceitar as coisas integralmente, com seus ônus e percalços, glórias e desdouros, e ir por diante.

– Sim, senhor.

– Entretanto, assim como é de boa economia guardar um pão para a velhice, assim também é de boa prática social acautelar um ofício para a hipótese de que os outros falhem, ou não indenizem suficientemente o esforço da nossa ambição. É isto o que te aconselho hoje, dia da tua maioridade.

– Creia que lhe agradeço; mas que ofício, não me dirá?

– Nenhum me parece mais útil e cabido que o de medalhão. Ser medalhão foi o sonho da minha mocidade; faltaram-me, porém, as instruções de um pai, e acabo como vês, sem outra consolação e relevo moral, além das esperan-

---

[3] William Pitt (1759-1806): foi um político e orador inglês. Filho de um estadista de mesmo nome, ficou conhecido como "Pitt, o Moço". Assumiu o cargo de primeiro-ministro britânico em 1783, aos 24 anos.

[4] Napoleão Bonaparte (1769-1821): Depois de grandes vitórias militares, fez-se coroar imperador dos franceses, aos 35 anos. Sua primeira queda levou-o ao exílio na Ilha de Elba (abril de 1814), de onde conseguiu escapar, voltando à França, que ainda governou pelo período conhecido como "Os Cem Dias" (20/03/1815 a 22/06/1815), até ser derrotado, definitivamente, em Waterloo, em 1815. Morreu em 1821, deposto e exilado na Ilha de Santa Helena.

ças que deposito em ti. Ouve-me bem, meu querido filho, ouve-me e entende. És moço, tens naturalmente o ardor, a exuberância, os improvisos da idade; não os rejeites, mas modera-os de modo que aos quarenta e cinco anos possas entrar francamente no regime do aprumo e do compasso. O sábio que disse: "a gravidade é um mistério do corpo", definiu a compostura do medalhão. Não confundas essa gravidade com aquela outra que, embora resida no aspecto, é um puro reflexo ou emanação do espírito; essa é do corpo, tão-somente do corpo, um sinal da natureza ou um jeito da vida. Quanto à idade de quarenta e cinco anos...

– É verdade, por que quarenta e cinco anos?

– Não é, como podes supor, um limite arbitrário, filho do puro capricho; é a data normal do fenômeno. Geralmente, o verdadeiro medalhão começa a manifestar-se entre os quarenta e cinco e cinquenta anos, conquanto alguns exemplos se deem entre os cinquenta e cinco e os sessenta; mas estes são raros. Há-os também de quarenta anos, e outros mais precoces, de trinta e cinco e de trinta; não são, todavia, vulgares. Não falo dos de vinte e cinco anos: esse madrugar é privilégio do gênio.

– Entendo.

– Venhamos ao principal. Uma vez entrado na carreira, deves pôr todo o cuidado nas ideias que houveres de nutrir para uso alheio e próprio. O melhor será não as ter absolutamente; coisa que entenderás bem, imaginando, por exemplo, um ator defraudado do uso de um braço. Ele pode, por um milagre de artifício, dissimular o defeito aos olhos da plateia; mas era muito melhor dispor dos dois. O mesmo se dá com as ideias; pode-se, com violência, abafá-las, escondê-las até à morte; mas nem essa habilidade é comum, nem tão constante esforço conviria ao exercício da vida.

– Mas quem lhe diz que eu...

– Tu, meu filho, se me não engano, pareces dotado da perfeita inópia[5] mental, conveniente ao uso deste nobre ofício. Não me refiro tanto à fidelidade com que repetes numa sala as opiniões ouvidas numa esquina, e vice-versa, porque esse fato, posto indique certa carência de ideias, ainda assim pode não passar de uma traição da memória. Não; refiro-me ao gesto correto e perfilado com que usas expender francamente as tuas simpatias ou antipatias acerca do corte de um colete, das dimensões de um chapéu, do ranger ou calar das botas novas. Eis aí um sintoma eloquente, eis aí uma esperança. No entanto, podendo acontecer que, com a idade, venhas a ser afligido de algumas ideias próprias, urge aparelhar fortemente o espírito. As ideias são de sua natureza espontâneas e súbitas; por mais que as sofremos, elas irrompem e precipitam-se. Daí a certeza com que o vulgo, cujo faro é extremamente delicado, distingue o medalhão completo do medalhão incompleto.

– Creio que assim seja; mas um tal obstáculo é invencível.

– Não é; há um meio; é lançar mão de um regime debilitante, ler compêndios de retórica, ouvir certos discursos, etc. O voltarete, o dominó e o *whist*[6] são remédios aprovados. O *whist* tem até a rara vantagem de acostumar ao silêncio, que é a forma mais acentuada da circunspecção. Não digo o mesmo da natação, da equitação e da ginástica, embora elas façam repousar o cérebro; mas por isso mesmo que o fazem repousar, restituem-lhe as forças e a atividade perdidas. O bilhar é excelente.

– Como assim, se também é um exercício corporal?

---

[5] Inópia: pobreza; escassez.

[6] Voltarete e *whist*: jogos com cartas de baralho.

– Não digo que não, mas há coisas em que a observação desmente a teoria. Se te aconselho excepcionalmente o bilhar é porque as estatísticas mais escrupulosas mostram que três quartas partes dos habituados do taco partilham as opiniões do mesmo taco. O passeio nas ruas, mormente nas de recreio e parada é utilíssimo, com a condição de não andares desacompanhado, porque a solidão é oficina de ideias, e o espírito deixado a si mesmo, embora no meio da multidão, pode adquirir uma tal ou qual atividade.

– Mas se eu não tiver à mão um amigo apto e disposto a ir comigo?

– Não faz mal; tens o valente recurso de mesclar-te aos pasmatórios[7], em que toda a poeira da solidão se dissipa. As livrarias, ou por causa da atmosfera do lugar, ou por qualquer outra razão que me escapa, não são propícias ao nosso fim; e, não obstante, há grande conveniência em entrar por elas, de quando em quando, não digo às ocultas, mas às escâncaras. Podes resolver a dificuldade de um modo simples: vai ali falar do boato do dia, da anedota da semana, de um contrabando, de uma calúnia, de um cometa, de qualquer coisa, quando não prefiras interrogar diretamente os leitores habituais das belas crônicas de Mazade[8]; 75 por cento desses estimáveis cavalheiros repetir-te-ão as mesmas opiniões, e uma tal monotonia é grandemente saudável. Com este regime, durante oito, dez, dezoito meses – suponhamos dois anos, – reduzes o intelecto, por mais pródigo que seja, à sobriedade, à disciplina, ao equilíbrio comum. Não trato do vocabulário, porque ele está subentendido no uso das ideias;

---

[7] Pasmatórios: lugar público frequentado por desocupados.

[8] Mazade: Charles de Mazade (1820-1893): historiador, jornalista e editor da famosa *Revue des Deux Mondes*. Suas crônicas foram lidas e apreciadas por Machado de Assis na sua fase de militância antirrealista.

há de ser naturalmente simples, tíbio, apoucado, sem notas vermelhas, sem cores de clarim...

– Isto é o diabo! Não poder adornar o estilo, de quando em quando...

– Podes; podes empregar umas quantas figuras expressivas, a hidra de Lerna[9], por exemplo, a cabeça de Medusa[10], o tonel das Danaides[11], as asas de Ícaro[12], e outras, que românticos, clássicos e realistas empregam sem desar[13], quando precisam delas. Sentenças latinas, ditos históricos, versos célebres, brocardos[14] jurídicos, máximas, é de bom aviso trazê-los contigo para os discursos de sobremesa, de felicitação, ou de agradecimento. *Caveant, consules*[15] é um excelente fecho de artigo político; o mesmo direi do *Si vis pacem para bellum*[16]. Alguns costumam renovar o sabor de uma citação intercalando-a numa frase nova, original e bela, mas não te aconselho esse artifício; seria desnaturar-lhe as graças vetustas. Melhor do que tudo isso, porém, que afinal não passa de mero adorno,

---

9 Hidra de Lerna (mit. gr.): monstro terrível, habitante do lago de Lerna, metade mulher e metade em forma de serpentes, cujas cabeças se regeneravam quando decepadas.

10 Medusa (mit. gr.): criatura representada por uma mulher com cabelos de serpentes, capaz de transformar em pedra todos que a encaravam.

11 Danaides (mit. gr.): referência às 50 filhas do rei Dánao que se casaram com os 50 filhos do rei Egipto, matando-os, exceto uma, Hipermnestra, que poupou o seu marido Linceu. O tonel refere-se ao castigo que lhes foi imposto: preencher um tonel furado com a água da fonte.

12 Ícaro (mit. gr.): filho de Dédalo, ambos, pai e filho, presos no labirinto em Creta, tentaram escapar usando asas feitas com penas de gaivotas e cera de abelhas. Obtiveram sucesso, mas Ícaro se deslumbrou com o sol e voou cada vez mais alto tentando aproximar-se dele. O calor derreteu a cera e ele caiu no mar, morrendo afogado.

13 Desar: o mesmo que desaire, deselegância.

14 Brocardos: máximas, textos curtos que em poucas palavras explicitam regras ou princípios.

15 *Caveant, consules* (lat.): "Que os cônsules tomem cuidado!".

16 *Si vis pacem para bellum* (lat.): "Se queres a paz, prepara-te para a guerra".

são as frases feitas, as locuções convencionais, as fórmulas consagradas pelos anos, incrustadas na memória individual e pública. Essas fórmulas têm a vantagem de não obrigar os outros a um esforço inútil. Não as relaciono agora, mas fá-lo-ei por escrito. De resto, o mesmo ofício te irá ensinando os elementos dessa arte difícil de pensar o pensado. Quanto à utilidade de um tal sistema, basta figurar uma hipótese. Faz-se uma lei, executa-se, não produz efeito, subsiste o mal. Eis aí uma questão que pode aguçar as curiosidades vadias, dar ensejo a um inquérito pedantesco, a uma coleta fastidiosa de documentos e observações, análise das causas prováveis, causas certas, causas possíveis, um estudo infinito das aptidões do sujeito reformado, da natureza do mal, da manipulação do remédio, das circunstâncias da aplicação; matéria, enfim, para todo um andaime de palavras, conceitos, e desvarios. Tu poupas aos teus semelhantes todo esse imenso aranzel, tu dizes simplesmente: antes das leis, reformemos os costumes! – E esta frase sintética, transparente, límpida, tirada ao pecúlio comum, resolve mais depressa o problema, entra pelos espíritos como um jorro súbito de sol.

– Vejo por aí que vosmecê condena toda e qualquer aplicação de processos modernos.

– Entendamo-nos. Condeno a aplicação, louvo a denominação. O mesmo direi de toda a recente terminologia científica; deves decorá-la. Conquanto o rasgo[17] peculiar do medalhão seja uma certa atitude de deus Término[18], e as ciências sejam obra do movimento humano, como tens de ser medalhão mais tarde, convém tomar as armas do teu tempo. E de duas uma: ou elas estarão usadas e divulgadas daqui a trinta anos,

---

[17] Rasgo: traço.

[18] Término (mit.rom.): deus protetor das fronteiras, dos limites.

ou conservar-se-ão novas: no primeiro caso, pertencem-te de foro próprio; no segundo, podes ter a coquetice de as trazer, para mostrar que também és pintor. De oitiva, com o tempo, irás sabendo a que leis, casos e fenômenos responde toda essa terminologia; porque o método de interrogar os próprios mestres e oficiais da ciência, nos seus livros, estudos e memórias, além de tedioso e cansativo, traz o perigo de inocular ideias novas, e é radicalmente falso. Acresce que no dia em que viesses a assenhorear-te do espírito daquelas leis e fórmulas, serias provavelmente levado a empregá-las com um tal ou qual comedimento, como a costureira – esperta e afreguesada, – que, segundo um poeta clássico,

> Quanto mais pano tem, mais poupa o corte,
> Menos monte alardeia de retalhos[19];

e este fenômeno, tratando-se de um medalhão, é que não seria científico.

– Upa! que a profissão é difícil.

– E ainda não chegamos ao cabo.

– Vamos a ele.

– Não te falei ainda dos benefícios da publicidade. A publicidade é uma dona loureira[20] e senhoril, que tu deves requestar à força de pequenos mimos, confeitos, almofadinhas, coisas miúdas, que antes exprimem a constância do afeto do

---

[19] *Quanto mais pano tem, mais...*: trata-se de dois versos do poema "Carta ao senhor F*** J*** M*** de B***", de Filinto Elísio (1734-1819), nome arcádico do padre Francisco Manuel do Nascimento, poeta português do período neoclássico. Por suas ideias liberais, foi denunciado à Inquisição, o que o levou a exilar-se em Paris (1778), cidade em que viveu até a morte. Transcrevem-se aqui os versos que precedem a citação, para melhor contextualizá-la: "*Quanto mais ferramenta tem o Mestre/Mais fáceis, mais sutis perfaz as obras:/Quanto mais pano tem, mais poupa o corte,/Menos monte alardeia de retalhos/A afreguesada, esperta costureira*".

[20] Loureira: mulher que procura seduzir; prostituta.

que o atrevimento e a ambição. Que D. Quixote[21] solicite os favores dela mediante ações heroicas ou custosas é um sestro próprio desse ilustre lunático. O verdadeiro medalhão tem outra política. Longe de inventar um *Tratado Científico da Criação dos Carneiros*, compra um carneiro e dá-o aos amigos sob a forma de um jantar, cuja notícia não pode ser indiferente aos seus concidadãos. Uma notícia traz outra; cinco, dez, vinte vezes põe o teu nome ante os olhos do mundo. Comissões ou deputações[22] para felicitar um agraciado, um benemérito, um forasteiro, têm singulares merecimentos, e assim as irmandades e associações diversas, sejam mitológicas, cinegéticas[23] ou coreográficas. Os sucessos de certa ordem, embora de pouca monta, podem ser trazidos a lume, contanto que ponham em relevo a tua pessoa. Explico-me. Se caíres de um carro, sem outro dano, além do susto, é útil mandá-lo dizer aos quatro ventos, não pelo fato em si, que é insignificante, mas pelo efeito de recordar um nome caro às afeições gerais. Percebeste?

– Percebi.

– Essa é publicidade constante, barata, fácil, de todos os dias; mas há outra. Qualquer que seja a teoria das artes, é fora de dúvida que o sentimento da família, a amizade pessoal e a estima pública instigam à reprodução das feições de um homem amado ou benemérito. Nada obsta a que sejas objeto de uma tal distinção, principalmente se a sagacidade dos

---

21 D. Quixote: personagem de *D. Quixote de la Mancha*, livro escrito por Miguel de Cervantes (1547-1616). Trata-se de um personagem que, influenciado pelas novelas de cavalaria, toma a fantasia por realidade, lançando-se a diversas aventuras, sempre acompanhado de seu fiel escudeiro Sancho Pança e seu cavalo Rocinante.

22 Deputações: conjunto de membros de uma assembleia.

23 Cinegéticas: referente à caças, especialmente aquelas feitas com a ajuda de cães.

amigos não achar em ti repugnância. Em semelhante caso, não só as regras da mais vulgar polidez mandam aceitar o retrato ou o busto, como seria desazado[24] impedir que os amigos o expusessem em qualquer casa pública. Dessa maneira o nome fica ligado à pessoa; os que houverem lido o teu recente discurso (suponhamos) na sessão inaugural da União dos Cabeleireiros, reconhecerão na compostura das feições o autor dessa obra grave, em que a "alavanca do progresso" e o "suor do trabalho" vencem as "fauces[25] hiantes"[26] da miséria. No caso de que uma comissão te leve à casa o retrato, deves agradecer-lhe o obséquio com um discurso cheio de gratidão e um copo d'água: é uso antigo, razoável e honesto. Convidarás então os melhores amigos, os parentes, e, se for possível, uma ou duas pessoas de representação. Mais. Se esse dia é um dia de glória ou regozijo, não vejo que possas, decentemente, recusar um lugar à mesa aos *reporters* dos jornais. Em todo o caso, se as obrigações desses cidadãos os retiverem noutra parte, podes ajudá-los de certa maneira, redigindo tu mesmo a notícia da festa; e, dado que por um tal ou qual escrúpulo, aliás desculpável, não queiras com a própria mão anexar ao teu nome os qualificativos dignos dele, incumbe a notícia a algum amigo ou parente.

– Digo-lhe que o que vosmecê me ensina não é nada fácil.

– Nem eu te digo outra coisa. É difícil, come tempo, muito tempo, leva anos, paciência, trabalho, e felizes os que chegam a entrar na terra prometida! Os que lá não penetram, engole-os a obscuridade. Mas os que triunfam! E tu triunfarás, crê-me.

---

24 Desazado: impróprio, descabido.

25 Fauces: goelas, gargantas.

26 Hiantes: famintas, ávidas.

Verás cair as muralhas de Jericó[27] ao som das trompas sagradas. Só então poderás dizer que estás fixado. Começa nesse dia a tua fase de ornamento indispensável, de figura obrigada, de rótulo. Acabou-se a necessidade de farejar ocasiões, comissões, irmandades; elas virão ter contigo, com o seu ar pesadão e cru de substantivos desadjetivados, e tu serás o adjetivo dessas orações opacas, o *odorífero* das flores, o *anilado* dos céus, o *prestimoso* dos cidadãos, o *noticioso* e *suculento* dos relatórios. E ser isso é o principal, porque o adjetivo é a alma do idioma, a sua porção idealista e metafísica. O substantivo é a realidade nua e crua, é o naturalismo do vocabulário.

– E parece-lhe que todo esse ofício é apenas um sobressalente para os *deficits* da vida?

– Decerto; não fica excluída nenhuma outra atividade.

– Nem política?

– Nem política. Toda a questão é não infringir as regras e obrigações capitais. Podes pertencer a qualquer partido, liberal ou conservador, republicano ou ultramontano, com a cláusula única de não ligar nenhuma ideia especial a esses vocábulos, e reconhecer-lhe somente a utilidade do *scibboleth*[28] bíblico.

– Se for ao parlamento, posso ocupar a tribuna?

– Podes e deves; é um modo de convocar a atenção pública. Quanto à matéria dos discursos, tens à escolha: – ou os negó-

---

27 Muralhas de Jericó: referência ao episódio bíblico do Velho Testamento que relata a queda das muralhas de Jericó (cidade mais importante dos cananeus, adoradores de deuses pagãos), pelos israelitas comandados por Josué, escolhido por Deus. Depois de sitiar a cidade por sete dias e dar sete voltas em torno dela, sete sacerdotes tocaram suas trombetas, os israelitas gritaram, e as muralhas caíram.

28 *Scibboleth*: espécie de senha, a palavra servia para diferençar os gileaditas dos efraimitas, que, por não conseguirem pronunciá-la como os seus inimigos de Gileade, foram degolados. O episódio é narrado em Juízes, 12: 6.

cios miúdos, ou a metafísica política, mas prefere a metafísica. Os negócios miúdos, força é confessá-lo, não desdizem daquela chateza de bom-tom, própria de um medalhão acabado; mas, se puderes, adota a metafísica; – é mais fácil e mais atraente. Supõe que deseja saber por que motivo a 7ª companhia de infantaria foi transferida de Uruguaiana para Canguçu; serás ouvido tão somente pelo ministro da Guerra, que te explicará em dez minutos as razões desse ato. Não assim a metafísica. Um discurso de metafísica política apaixona naturalmente os partidos e o público, chama os apartes e as respostas. E depois não obriga a pensar e descobrir. Nesse ramo dos conhecimentos humanos tudo está achado, formulado, rotulado, encaixotado; é só prover os alforjes da memória. Em todo caso, não transcendas nunca os limites de uma invejável vulgaridade.

– Farei o que puder. Nenhuma imaginação?

– Nenhuma; antes faze correr o boato de que um tal dom é ínfimo.

– Nenhuma filosofia?

– Entendamo-nos: no papel e na língua alguma, na realidade nada. "Filosofia da história", por exemplo, é uma locução que deves empregar com frequência, mas proíbo-te que chegues a outras conclusões que não sejam as já achadas por outros. Foge a tudo que possa cheirar a reflexão, originalidade, etc., etc.

– Também ao riso?

– Como ao riso?

– Ficar sério, muito sério...

– Conforme. Tens um gênio folgazão, prazenteiro, não hás de sofreá-lo nem eliminá-lo; podes brincar e rir alguma vez. Medalhão não quer dizer melancólico. Um grave pode ter seus momentos de expansão alegre. Somente, – e este ponto é melindroso...

– Diga.

– Somente não deves empregar a ironia, esse movimento ao canto da boca, cheio de mistérios, inventado por algum grego da decadência, contraído por Luciano[29], transmitido a Swift[30] e Voltaire[31], feição própria dos céticos e desabusados. Não. Usa antes a chalaça, a nossa boa chalaça amiga, gorducha, redonda, franca, sem biocos[32], nem véus, que se mete pela cara dos outros, estala como uma palmada, faz pular o sangue nas veias, e arrebentar de riso os suspensórios. Usa a chalaça. Que é isto?

– Meia-noite.

– Meia-noite? Entras nos teus vinte e dois anos, meu peralta; estás definitivamente maior. Vamos dormir, que é tarde. Rumina bem o que te disse, meu filho. Guardadas as proporções, a conversa desta noite vale o *Príncipe* de Machiavelli[33]. Vamos dormir.

---

29 Luciano de Samósata (121-181?): possivelmente semita, escreveu em grego e se tornou conhecido por seus diálogos satíricos que criticavam acidamente os costumes e a sociedade da época.

30 Swift, Jonathan (1667-1745): escritor anglo-irlandês, panfletário político, poeta e clérigo; é considerado o principal satirista em língua inglesa. Tornou-se mais conhecido pelo romance *As viagens de Gulliver* (1726).

31 Voltaire (1694-1778): francês, foi o mais importante filósofo do Iluminismo. Defensor intransigente das liberdades individuais e da tolerância, exerceu grande influência na Revolução Francesa. Foi um dos fundadores, com D'Alembert e Diderot, da *Enciclopédia,* projeto ambicioso em 36 volumes, com verbetes assinados por Rousseau, Montesquieu, entre outros. Escreveu ainda peças teatrais, romances, poesia e textos filosóficos.

32 Biocos: gestos exagerados para simular modéstia.

33 *Príncipe* de Machiavelli: referência a *O príncipe,* obra mais importante de Nicolò Machiavelli (1469-1527), florentino que viveu durante o Renascimento italiano. É considerado como o fundador do pensamento político moderno, por ter escrito sobre o Estado e o governo como realmente são e não como deveriam ser.

VERBA TESTAMENTÁRIA[1]

(*Papéis avulsos*, 1882)

"... Item, é minha última vontade que o caixão em que o meu corpo houver de ser enterrado, seja fabricado em casa de Joaquim Soares, à Rua da Alfândega. Desejo que ele tenha conhecimento desta disposição, que também será pública. Joaquim Soares não me conhece; mas é digno da distinção, por ser dos nossos melhores artistas, e um dos homens mais honrados da nossa terra..."

Cumpriu-se à risca esta verba testamentária. Joaquim Soares fez o caixão em que foi metido o corpo do pobre Nicolau B. de C.; fabricou-o ele mesmo, *con amore*; e, no fim, por um movimento cordial, pediu licença para não receber nenhuma remuneração. Estava pago; o favor do defunto era em si mesmo um prêmio insigne. Só desejava uma coisa: a cópia autêntica da verba[2]. Deram-lha; ele mandou-a encaixilhar e pendurar de um prego, na loja. Os outros fabricantes de caixões, passado o assombro, clamaram que o testamento era

---

1 Este conto foi originalmente publicado na *Gazeta de Notícias,* em 8 de outubro de 1882, assinado por Machado de Assis.

2 Verba: cláusula de um documento, no caso, o testamento.

um despropósito. Felizmente, – e esta é uma das vantagens do estado social, – felizmente, todas as demais classes acharam que aquela mão, saindo do abismo para abençoar a obra de um operário modesto, praticara uma ação rara e magnânima. Era em 1855; a população estava mais conchegada[3]; não se falou de outra coisa. O nome do Nicolau reboou por muitos dias na imprensa da corte, donde passou à das províncias. Mas a vida universal é tão variada, os sucessos acumulam-se em tanta multidão, e com tal presteza, e, finalmente, a memória dos homens é tão frágil, que um dia chegou em que a ação de Nicolau mergulhou de todo no olvido.

Não venho restaurá-la. Esquecer é uma necessidade. A vida é uma lousa, em que o destino, para escrever um novo caso, precisa apagar o caso escrito. Obra de lápis e esponja. Não, não venho restaurá-la. Há milhares de ações tão bonitas, ou ainda mais bonitas do que a do Nicolau, e comidas do esquecimento. Venho dizer que a verba testamentária não é um efeito sem causa; venho mostrar uma das maiores curiosidades mórbidas deste século.

Sim, leitor amado, vamos entrar em plena patologia. Esse menino que aí vês, nos fins do século passado (em 1855, quando morreu, tinha o Nicolau sessenta e oito anos), esse menino não é um produto são, não é um organismo perfeito. Ao contrário, desde os mais tenros anos, manifestou por atos reiterados que há nele algum vício interior, alguma falha orgânica. Não se pode explicar de outro modo a obstinação com que ele corre a destruir os brinquedos dos outros meninos, não digo os que são iguais aos dele, ou ainda inferiores, mas os que são melhores ou mais ricos. Menos ainda se compreende que, nos casos em que o brinquedo é único, ou somente raro, o jovem Nicolau

---

[3] Conchegada: confortável, tranquila.

console a vítima com dois ou três pontapés; nunca menos de um. Tudo isso é obscuro. Culpa do pai não pode ser. O pai era um honrado negociante ou comissário[4] (a maior parte das pessoas a que aqui se dá o nome de comerciantes, dizia o marquês de Lavradio, nada mais são que uns simples comissários), que viveu com certo luzimento, no último quartel do século, homem ríspido, austero, que admoestava o filho, e, sendo necessário, castigava-o. Mas nem admoestações, nem castigos, valiam nada. O impulso interior do Nicolau era mais eficaz do que todos os bastões paternos; e, uma ou duas vezes por semana, o pequeno reincidia no mesmo delito. Os desgostos da família eram profundos. Deu-se mesmo um caso, que, por suas gravíssimas consequências, merece ser contado.

O vice-rei, que era então o Conde de Resende, andava preocupado com a necessidade de construir um cais na Praia de D. Manuel. Isto, que seria hoje um simples episódio municipal, era naquele tempo, atentas as proporções escassas da cidade, uma empresa importante. Mas o vice-rei não tinha recursos; o cofre público mal podia acudir às urgências ordinárias. Homem de Estado, e provavelmente filósofo, engendrou um expediente não menos suave que profícuo: distribuir, a troco de donativos pecuniários, postos de capitão, tenente e alferes[5]. Divulgada a resolução, entendeu o pai do Nicolau que era ocasião de figurar, sem perigo, na galeria militar do século, ao mesmo tempo que desmentia uma doutrina bramânica. Com efeito, está nas leis de Manu[6], que dos braços

---

[4] Comissário: representantes, em caráter temporário, de uma empresa comercial.

[5] Alferes: antiga patente de oficial equivalente a segundo-tenente.

[6] Leis de Manu: são as leis, contidas no Código de Manu, redigidas entre o séc. II a.C.e o séc. II d.C., que regulam a conduta em termos sociais e religiosos. Manu, filho de Brahma, é considerado o primeiro legislador de que se tem notícia.

de Brama[7] nasceram os guerreiros, e do ventre os agricultores e comerciantes; o pai do Nicolau, adquirindo o despacho de capitão, corrigia esse ponto da anatomia gentílica. Outro comerciante, que com ele competia em tudo, embora familiares e amigos, apenas teve notícia do despacho, foi também levar a sua pedra ao cais. Desgraçadamente, o despeito de ter ficado atrás alguns dias, sugeriu-lhe um arbítrio de mau gosto e, no nosso caso, funesto; foi assim que ele pediu ao vice-rei outro posto de oficial do cais (tal era o nome dado aos agraciados por aquele motivo) para um filho de sete anos. O vice-rei hesitou; mas o pretendente, além de duplicar o donativo, meteu grandes empenhos, e o menino saiu nomeado alferes. Tudo correu em segredo; o pai de Nicolau só teve notícia do caso no domingo próximo, na igreja do Carmo, ao ver os dois, pai e filho, vindo o menino com uma fardinha que, por galanteria, lhe meteram no corpo. Nicolau, que também ali estava, fez-se lívido; depois, num ímpeto, atirou-se sobre o jovem alferes e rasgou-lhe a farda, antes que os pais pudessem acudir. Um escândalo. O rebuliço do povo, a indignação dos devotos, as queixas do agredido, interromperam por alguns instantes as cerimônias eclesiásticas. Os pais trocaram algumas palavras acerbas, fora, no adro, e ficaram brigados para todo o sempre.

– Este rapaz há de ser a nossa desgraça! bradava o pai de Nicolau, em casa, depois do episódio.

Nicolau apanhou então muita pancada, curtiu muita dor, chorou, soluçou; mas de emenda coisa nenhuma. Os brinquedos dos outros meninos não ficaram menos expostos. O mesmo passou a acontecer às roupas. Os meninos mais ricos do bairro não saíam fora senão com as mais modestas

---

[7] Brama (ou Brahma): primeiro deus da Trimurti, a tríade hindu, junto com Vishnu e Shiva, é considerado pelos hindus a representação da força criadora ativa no universo.

vestimentas caseiras, único modo de escapar às unhas de Nicolau. Com o andar do tempo, estendeu ele a aversão às próprias caras, quando eram bonitas, ou tidas como tais. A rua em que ele residia, contava um sem-número de caras quebradas, arranhadas, conspurcadas. As coisas chegaram a tal ponto que o pai resolveu trancá-lo em casa durante uns três ou quatro meses. Foi um paliativo, e, como tal, excelente. Enquanto durou a reclusão, Nicolau mostrou-se nada menos que angélico; fora daquele sestro mórbido, era meigo, dócil, obediente, amigo da família, pontual nas rezas. No fim dos quatro meses, o pai soltou-o; era tempo de o meter com um professor de leitura e gramática.

– Deixe-o comigo, disse o professor; deixe-o comigo, e com esta (apontava para a palmatória)... Com esta, é duvidoso que ele tenha vontade de maltratar os companheiros.

Frívolo! três vezes frívolo professor! Sim, não há dúvida, que ele conseguiu poupar os meninos bonitos e as roupas vistosas, castigando as primeiras investidas do pobre Nicolau; mas em que é que este sarou da moléstia? Ao contrário, obrigado a conter-se, a engolir o impulso, padecia dobrado, fazia-se mais lívido, com reflexos de verde bronze; em certos casos, era compelido a voltar os olhos ou fechá-los, para não arrebentar, dizia ele. Por outro lado, se deixou de perseguir os mais graciosos, ou melhor, adornados, não perdoou aos que se mostravam mais adiantados no estudo; espancava-os, tirava-lhes os livros, e lançava-os fora, nas praias ou no mangue. Rixas, sangue, ódios, tais eram os frutos da vida, para ele, além das dores cruéis que padecia, e que a família teimava em não entender. Se acrescentarmos que ele não pôde estudar nada seguidamente, mas a trancos, e mal, como os vagabundos comem nada fixo, nada metódico, teremos visto algumas das dolorosas consequências do fato mórbido, oculto e desconhecido. O pai, que sonhava para o filho a Universidade, vendo-se obrigado a estrangular mais essa ilusão, esteve prestes a amaldiçoá-lo; foi a mãe que o salvou.

Saiu um século, entrou outro, sem desaparecer a lesão do Nicolau. Morreu-lhe o pai em 1807 e a mãe em 1809; a irmã casou com um médico holandês, treze meses depois. Nicolau passou a viver só. Tinha vinte e três anos; era um dos petimetres[8] da cidade, mas um singular petimetre, que não podia encarar nenhum outro, ou fosse mais gentil de feições, ou portador de algum colete especial, sem padecer uma dor violenta, tão violenta, que o obrigava às vezes a trincar o beiço até deitar sangue. Tinha ocasiões de cambalear; outras de escorrer-lhe pelo canto da boca um fio quase imperceptível de espuma. E o resto não era menos cruel. Nicolau ficava então ríspido; em casa achava tudo mau, tudo incômodo, tudo nauseabundo; feria a cabeça aos escravos com os pratos, que iam partir-se também, e perseguia os cães, a pontapés; não sossegava dez minutos, não comia, ou comia mal. Enfim dormia; e ainda bem que dormia. O sono reparava tudo. Acordava lhano e meigo, alma de patriarca, beijando os cães entre as orelhas, deixando-se lamber por eles, dando-lhes do melhor que tinha, chamando aos escravos as coisas mais familiares e ternas. E tudo, cães e escravos, esqueciam as pancadas da véspera, e acudiam às vozes dele obedientes, namorados, como se este fosse o verdadeiro senhor, e não o outro.

Um dia, estando ele em casa da irmã, perguntou-lhe esta por que motivo não adotava uma carreira qualquer, alguma coisa em que se ocupasse e...

– Tens razão, vou ver, disse ele.

[8] Petimetres: indivíduos que se vestem com apuro excessivo.

Interveio o cunhado e opinou por um emprego na diplomacia. O cunhado principiava a desconfiar de alguma doença e supunha que a mudança de clima bastava a restabelecê-lo. Nicolau arranjou uma carta de apresentação, e foi ter com o ministro de estrangeiros. Achou-o rodeado de alguns oficiais da secretaria, prestes a ir ao paço, levar a notícia da segunda queda de Napoleão, notícia que chegara alguns minutos antes. A figura do ministro, as circunstâncias do momento, as reverências dos oficiais, tudo isso deu um tal rebate ao coração de Nicolau, que ele não pôde encarar o ministro. Teimou seis ou oito vezes, em levantar os olhos, e da única em que o conseguiu, fizeram-se lhe tão estrábica, que não via ninguém, ou só uma sombra, um vulto, que lhe doía nas pupilas, ao mesmo tempo em que a face ia ficando verde. Nicolau recuou, estendeu a mão trêmula ao reposteiro[9], e fugiu.

– Não quero ser nada! disse ele à irmã, chegando a casa; fico com vocês e os meus amigos.

Os amigos eram os rapazes mais antipáticos da cidade, vulgares e ínfimos. Nicolau escolhera-os de propósito. Viver segregado dos principais era para ele um grande sacrifício; mas, como teria de padecer muito mais vivendo com eles, tragava a situação. Isto prova que ele tinha um certo conhecimento empírico do mal e do paliativo. A verdade é que, com esses companheiros, desapareciam todas as perturbações fisiológicas do Nicolau. Ele fitava-os sem lividez, sem olhos vesgos, sem cambalear, sem nada. Além disso, não só eles lhe poupavam a natural irritabilidade, como porfiavam em tornar-lhe a vida, senão deliciosa, tranquila; e para isso, diziam-lhe as maiores finezas do mundo, em atitudes cativas,

9 Reposteiro: espécie de cortina que cobre as portas interiores de palácios, igrejas etc.

ou com uma certa familiaridade inferior. Nicolau amava em geral as naturezas subalternas, como os doentes amam a droga que lhes restitui a saúde; acariciava-as paternalmente, dava-lhes o louvor abundante e cordial, emprestava-lhes dinheiro, distribuía-lhes mimos, abria-lhes a alma... Veio o grito do Ipiranga; Nicolau meteu-se na política. Em 1823 vamos achá-lo na Constituinte[10]. Não há que dizer ao modo por que ele cumpriu os deveres do cargo. Íntegro, desinteressado, patriota, não exercia de graça essas virtudes públicas, mas à custa de muita tempestade moral. Pode-se dizer, metaforicamente, que a frequência da Câmara custava-lhe sangue precioso. Não era só porque os debates lhe pareciam insuportáveis, mas também porque lhe era difícil encarar certos homens, especialmente em certos dias. Montezuma[11], por exemplo, parecia-lhe balofo, Vergueiro[12], maçudo, os Andradas[13], execráveis. Cada discurso, não só dos principais

[10] Constituinte (de 1823): primeira Constituinte do Brasil, logo após a Independência. Estabelece a divisão entre três poderes: Executivo, Legislativo e Judiciário.

[11] Montezuma, Francisco Jê Acaiaba de (1794-1870): advogado, diplomata, jurista e político brasileiro, foi senador pela Bahia, pioneiro da maçonaria no Brasil, e um dos primeiros políticos que se colocou a favor do abolicionismo, defendendo a extinção do tráfico negreiro.

[12] Vergueiro, Nicolau Pereira de Campos (1778-1859): conhecido como Senador Vergueiro, era português de nascimento, mas transferiu-se para o Brasil aos 25 anos. Rapidamente ingressou nos meios políticos e econômicos, destacando-se em ambas as áreas. Tornou-se um rico fazendeiro paulista com ideias liberais, mas que explorava os trabalhadores imigrantes, a ponto de provocar uma grande revolta na fazenda Ibicaba (1856). Foi integrante da Regência Trina provisória, representando o setor agro-exportador; foi também senador durante 12 legislaturas consecutivas.

[13] Os Andradas: referência a José Bonifácio de Andrada e Silva (1763-1838), o Patriarca da Independência, como é conhecido, e a seus irmãos: Antonio Carlos Ribeiro de Andrada e Silva, Patrício Manoel e Martim Francisco Ribeiro de Andrada, participantes ativos da vida política durante os primeiros anos do governo de D. Pedro I.

oradores, mas dos secundários, era para o Nicolau verdadeiro suplício. E, não obstante, firme, pontual. Nunca a votação o achou ausente; nunca o nome dele soou sem eco pela augusta sala. Qualquer que fosse o seu desespero, sabia conter-se e pôr a ideia da pátria acima do alívio próprio. Talvez aplaudisse *in petto*[14] o decreto da dissolução. Não afirmo; mas há bons fundamentos para crer que o Nicolau, apesar das mostras exteriores, gostou de ver dissolvida a Assembleia. E se essa conjectura é verdadeira, não menos o será esta outra: que a deportação de alguns dos chefes constituintes, declarados inimigos públicos, veio aguar-lhe aquele prazer. Nicolau, que padecera com os discursos deles, não menos padeceu com o exílio, posto lhes desse certo relevo. Se ele também fosse exilado!

– Você podia casar mano, disse-lhe a irmã.

– Não tenho noiva.

– Arranjo-lhe uma. Valeu?

Era um plano do marido. Na opinião deste, a moléstia do Nicolau estava descoberta; era um verme do baço, que se nutria da dor do paciente, isto é, de uma secreção especial, produzida pela vista de alguns fatos, situações ou pessoas. A questão era matar o verme; mas, não conhecendo nenhuma substância química própria a destruí-lo, restava o recurso de obstar à secreção, cuja ausência daria igual resultado. Portanto, urgia casar o Nicolau, com alguma moça bonita e prendada, separá-lo do povoado, metê-lo em alguma fazenda, para onde levaria a melhor baixela, os melhores trastes, os mais reles amigos, etc.

– Todas as manhãs, continuou ele, receberá o Nicolau um jornal que vou mandar imprimir com o único fim de

---

[14] *In petto* (lat.): em segredo.

lhe dizer as coisas mais agradáveis do mundo, e dizê-las nominalmente, recordando os seus modestos, mas profícuos trabalhos da Constituinte, e atribuindo-lhe muitas aventuras, namoradas, agudezas de espírito, rasgos de coragem. Já falei ao almirante holandês para consentir que, de quando em quando, vá ter com Nicolau algum dos nossos oficiais dizer-lhe que não podia voltar para a Haia[15] sem a honra de contemplar um cidadão tão eminente e simpático, em quem se reúnem qualidades raras, e, de ordinário, dispersas. Você, se puder alcançar de alguma modista, a Gudin[16], por exemplo, que ponha o nome de Nicolau em um chapéu ou mantelete, ajudará muito a cura de seu mano. Cartas amorosas anônimas, enviadas pelo correio, são um recurso eficaz... Mas comecemos pelo princípio, que é casá-lo.

Nunca um plano foi mais conscienciosamente executado. A noiva escolhida era a mais esbelta, ou uma das mais esbeltas da capital. Casou-os o próprio bispo. Recolhido à fazenda, foram com ele somente alguns de seus mais triviais amigos; fez-se o jornal, mandaram-se as cartas, peitaram-se[17] as visitas. Durante três meses tudo caminhou às mil maravilhas. Mas a natureza, apostada em lograr o homem, mostrou ainda desta vez que ela possui segredos inopináveis. Um dos meios de agradar ao Nicolau era elogiar a beleza, a elegância e as virtudes da mulher; mas a moléstia caminhara, e o que parecia remédio excelente foi simples agravação do mal. Nicolau, ao fim de certo tempo, achava

[15] Haia: terceira maior cidade da Holanda, é sede do Governo, do Parlamento, da Suprema Corte e do Conselho de Estado holandeses, embora não seja a capital do país, que, constitucionalmente, é Amsterdã. De forte tradição diplomática, celebraram-se ali as Convenções de Haia em 1899 e 1907.

[16] Gudin: modista francesa instalada na Rua do Ouvidor, que tinha as princesas imperiais do Brasil do Segundo Reinado como clientes.

[17] Peitaram-se: subornaram-se.

ociosos e excessivos tantos elogios à mulher, e bastava isto a impacientá-lo, e a impaciência a produzir-lhe a fatal secreção. Parece mesmo que chegou ao ponto de não poder encará-la muito tempo, e a encará-la mal; vieram algumas rixas, que seriam o princípio de uma separação, se ela não morresse daí a pouco. A dor do Nicolau foi profunda e verdadeira; mas a cura interrompeu-se logo, porque ele desceu ao Rio de Janeiro, onde o vamos achar, tempos depois, entre os revolucionários de 1831[18].

Conquanto pareça temerário dizer as causas que levaram o Nicolau para o Campo da Aclamação, na noite de 6 para 7 de abril, penso que não estará longe da verdade quem supuser que – foi o raciocínio de um ateniense célebre e anônimo. Tanto os que diziam bem, como os que diziam mal do imperador, tinham enchido as medidas ao Nicolau. Esse homem, que inspirava entusiasmos e ódios, cujo nome era repetido onde quer que o Nicolau estivesse, na rua, no teatro, nas casas alheias, tornou-se uma verdadeira perseguição mórbida, daí o fervor com que ele meteu a mão no movimento de 1831. A abdicação foi um alívio. Verdade é que a Regência[19] o achou dentro de pouco tempo entre os seus adversários; e há quem afirme que ele se filiou ao Partido Caramuru ou Restaurador[20], posto não ficasse prova do ato.

---

[18] Revolucionários de 1831: referência à revolta popular, dado o descontentamento, fruto da desconfiança de que D. Pedro I iria aplicar um golpe, tornando-se um imperador com poderes absolutos. Depois de vários episódios sangrentos, D. Pedro foi forçado a abdicar em favor de seu filho de apenas 5 anos.

[19] Regência: Instituída logo após a abdicação de D. Pedro I, vigorou de 1831 a 1840, quando se deu a declaração da maioridade de D. Pedro II.

[20] Partido Caramuru ou Conservador: partido político brasileiro formado em 1831. Era basicamente composto de comerciantes portugueses, burocratas e militares que defendiam a volta de D. Pedro I e um regime monárquico centralizador.

O que é certo é que a vida pública do Nicolau cessou com a Maioridade[21].

A doença apoderara-se definitivamente do organismo. Nicolau ia, a pouco e pouco, recuando na solidão. Não podia fazer certas visitas, frequentar certas casas. O teatro mal chegava a distraí-lo. Era tão melindroso o estado dos seus órgãos auditivos, que o ruído dos aplausos causava-lhe dores atrozes. O entusiasmo da população fluminense para com a famosa Candiani[22] e a Meréa[23], mas a Candiani principalmente, cujo carro puxaram alguns braços humanos, obséquio tanto mais insigne quanto que o não fariam ao próprio Platão, esse entusiasmo foi uma das maiores mortificações do Nicolau. Ele chegou ao ponto de não ir mais ao teatro, de achar a Candiani insuportável, e preferir a *Norma* dos realejos à da prima-dona. Não era por exageração de patriota que ele gostava de ouvir o João Caetano[24], nos primeiros tempos; mas afinal deixou-o também, e quase que inteiramente os teatros.

"Está perdido! pensou o cunhado. Se pudéssemos dar-lhe um baço novo..."

Como pensar em semelhante absurdo? Estava naturalmente perdido. Já não bastavam os recreios domésticos. As tarefas literárias a que se deu, versos de família, glosas a prêmio e odes políticas, não duraram muito tempo, e pode ser até que lhe dobrassem o mal. De fato, um dia, pareceu-lhe

---

21 Maioridade: declaração da maioridade de D. Pedro de Alcântara aprovada no parlamento brasileiro em 1840. Dessa data em diante passa a chamar-se D. Pedro II, aos 15 anos.

22 Candiani (1820-1890): cantora lírica, nasceu em Milão e faleceu no Rio de Janeiro. Fez um enorme sucesso, tornando-se conhecida por todo o Brasil.

23 Meréa: Carolina Meréa, cantora e compositora do Teatro Lírico do Rio de Janeiro.

24 João Caetano: considerado o "pai do teatro brasileiro", foi o primeiro ator a interpretar papéis shakespearianos.

que essa ocupação era a coisa mais ridícula do mundo, e os aplausos ao Gonçalves Dias[25], por exemplo, deram-lhe ideia de um povo trivial e de mau gosto. Esse sentimento literário, fruto de uma lesão orgânica, reagiu sobre a mesma lesão, ao ponto de produzir graves crises, que o tiveram algum tempo na cama. O cunhado aproveitou o momento para desterrar-lhe da casa todos os livros de certo porte.

Explica-se menos o desalinho com que daí a meses começou a vestir-se. Educado com hábitos de elegância, era antigo freguês de um dos principais alfaiates da Corte, o Plum, não passando um só dia em que não fosse pentear-se ao Desmarais e Gérard, *coiffeurs de la Cour*[26], à Rua do Ouvidor. Parece que achou enfatuada esta denominação de cabeleireiros do Paço, e castigou-os indo pentear-se a um barbeiro ínfimo. Quanto ao motivo que o levou a trocar de traje, repito que é inteiramente obscuro, e a não haver sugestão da idade, é inexplicável.

A despedida do cozinheiro é outro enigma. Nicolau, por insinuação do cunhado, que o queria distrair, dava dois jantares por semana; e os convivas eram unânimes em achar que o cozinheiro dele primava sobre todos os da capital. Realmente os pratos eram bons, alguns ótimos, mas o elogio era um tanto enfático, excessivo, para o fim justamente de ser agradável ao Nicolau, e assim aconteceu algum tempo. Como entender, porém, que um domingo, acabado o jantar, que fora magnífico, despedisse ele um varão tão insigne,

---

[25] Gonçalves Dias (1823-1864): poeta e dramaturgo do Romantismo, tornou-se mais conhecido por sua produção indianista.

[26] Desmarais: primeira loja do gênero inaugurada na Rua do Ouvidor, nas primeiras décadas do século XIX; pertencia aos irmãos Desmarais. Tratava-se de uma perfumaria-cabeleireiro, tida como a mais célebre do gênero no Rio de Janeiro da época. A expressão francesa "*coiffeurs de la Cour*" significa "cabeleireiros da Corte".

causa indireta de alguns dos seus mais deleitosos momentos na terra? Mistério impenetrável.

– Era um ladrão! foi a resposta que ele deu ao cunhado.

Nem os esforços deste nem os da irmã e dos amigos, nem os bens, nada melhorou o nosso triste Nicolau. A secreção do baço tornou-se perene, e o verme reproduziu-se aos milhões, teoria que não sei se é verdadeira, mas enfim era a do cunhado. Os últimos anos foram crudelíssimos. Quase se pode jurar que ele viveu então continuamente verde, irritado, olhos vesgos, padecendo consigo ainda muito mais do que fazia padecer aos outros. A menor ou maior coisa triturava-lhe os nervos: um bom discurso, um artista hábil, uma sege, uma gravata, um soneto, um dito, um sonho interessante, tudo dava de si uma crise.

Quis ele deixar-se morrer? Assim se poderia supor, ao ver a impassibilidade com que rejeitou os remédios dos principais médicos da corte; foi necessário recorrer à simulação, e dá-los, enfim, como receitados por um ignorantão do tempo. Mas era tarde. A morte levou-o ao cabo de duas semanas.

– Joaquim Soares? bradou atônito o cunhado, ao saber da verba testamentária do defunto, ordenando que o caixão fosse fabricado por aquele industrial. Mas os caixões desse sujeito não prestam para nada, e...

– Paciência! interrompeu a mulher; a vontade do mano há de cumprir-se.

CONTO DE ESCOLA[1]

(*Várias histórias*, 1896)

A escola era na Rua do Costa, um sobradinho de grade de pau. O ano era de 1840. Naquele dia – uma segunda-feira, do mês de maio – deixei-me estar alguns instantes na Rua da Princesa a ver onde iria brincar a manhã. Hesitava entre o Morro de S. Diogo e o Campo de Sant'Ana, que não era então esse parque atual, construção de *gentleman*[2], mas um espaço rústico, mais ou menos infinito, alastrado de lavadeiras, capim e burros soltos. Morro ou campo? Tal era o problema. De repente disse comigo que o melhor era a escola. E guiei para a escola. Aqui vai a razão.

Na semana anterior tinha feito dois suetos[3], e, descoberto o caso, recebi o pagamento das mãos de meu pai, que me deu uma sova de vara de marmeleiro. As sovas de meu pai doíam por muito tempo. Era um velho empregado do Arsenal de Guerra, ríspido e intolerante. Sonhava para mim uma grande posição comercial, e tinha ânsia de me ver com os elementos

---

[1] Este conto foi originalmente publicado na *Gazeta de Notícias*, em 8 de setembro de 1884, assinado por Machado de Assis.

[2] *Gentleman*: homem de fino trato, de boa educação.

[3] Suetos: faltas às aulas por divertimento, gazetas.

mercantis, ler, escrever e contar, para me meter de caixeiro. Citava-me nomes de capitalistas que tinham começado ao balcão. Ora, foi a lembrança do último castigo que me levou naquela manhã para o colégio. Não era um menino de virtudes.

Subi a escada com cautela, para não ser ouvido do mestre, e cheguei a tempo; ele entrou na sala três ou quatro minutos depois. Entrou com o andar manso do costume, em chinelas de cordovão[4], com a jaqueta de brim lavada e desbotada, calça branca e tesa e grande colarinho caído. Chamava-se Policarpo e tinha perto de cinquenta anos ou mais. Uma vez sentado, extraiu da jaqueta a boceta[5] de rapé e o lenço vermelho, pô-los na gaveta; depois relanceou os olhos pela sala. Os meninos, que se conservaram de pé durante a entrada dele, tornaram a sentar-se. Tudo estava em ordem; começaram os trabalhos.

– *Seu* Pilar, eu preciso falar com você, disse-me baixinho o filho do mestre. Chamava-se Raimundo este pequeno, e era mole, aplicado, inteligência tarda. Raimundo gastava duas horas em reter aquilo que a outros levava apenas trinta ou cinquenta minutos; vencia com o tempo o que não podia fazer logo com o cérebro. Reunia a isso um grande medo ao pai. Era uma criança fina, pálida, cara doente; raramente estava alegre. Entrava na escola depois do pai e retirava-se antes. O mestre era mais severo com ele do que conosco.

– O que é que você quer?

– Logo, respondeu ele com voz trêmula.

Começou a lição de escrita. Custa-me dizer que eu era dos mais adiantados da escola; mas era. Não digo também que era dos mais inteligentes, por um escrúpulo fácil de entender e

---

4 Cordovão: couro de cabra, de textura unida.

5 Boceta: caixinha para guardar rapé.

de excelente efeito no estilo, mas não tenho outra convicção. Note-se que não era pálido nem mofino: tinha boas cores e músculos de ferro. Na lição de escrita, por exemplo, acabava sempre antes de todos, mas deixava-me estar a recortar narizes no papel ou na tábua, ocupação sem nobreza nem espiritualidade, mas em todo caso ingênua. Naquele dia foi a mesma coisa; tão depressa acabei como entrei a reproduzir o nariz do mestre, dando-lhe cinco ou seis atitudes diferentes, das quais recordo a interrogativa, a admirativa, a dubitativa e a cogitativa. Não lhes punha esses nomes, pobre estudante de primeiras letras que era; mas, instintivamente, dava-lhes essas expressões. Os outros foram acabando; não tive remédio senão acabar também, entregar a escrita, e voltar para o meu lugar.

Com franqueza, estava arrependido de ter vindo. Agora que ficava preso, ardia por andar lá fora, e recapitulava o campo e o morro, pensava nos outros meninos vadios, o Chico Telha, o Américo, o Carlos das Escadinhas, a fina flor do bairro e do gênero humano. Para cúmulo de desespero, vi através das vidraças da escola, no claro azul do céu, por cima do Morro do Livramento, um papagaio de papel, alto e largo, preso de uma corda imensa, que bojava no ar, uma coisa soberba. E eu na escola, sentado, pernas unidas, com o livro de leitura e a gramática nos joelhos.

– Fui um bobo em vir, disse eu ao Raimundo.

– Não diga isso, murmurou ele.

Olhei para ele; estava mais pálido. Então lembrou-me outra vez que queria pedir- me alguma coisa, e perguntei-lhe o que era. Raimundo estremeceu de novo, e, rápido, disse-me que esperasse um pouco; era uma coisa particular.

– *Seu* Pilar... murmurou ele daí a alguns minutos.

– Que é?

– Você...

– Você quê?

Ele deitou os olhos ao pai, e depois a alguns outros meninos. Um destes, o Curvelo, olhava para ele, desconfiado, e o Raimundo, notando-me essa circunstância, pediu alguns minutos mais de espera. Confesso que começava a arder de curiosidade. Olhei para o Curvelo, e vi que parecia atento; podia ser uma simples curiosidade vaga, natural indiscrição; mas podia ser também alguma coisa entre eles. Esse Curvelo era um pouco levado do diabo[6]. Tinha onze anos, era mais velho que nós.

Que me quereria o Raimundo? Continuei inquieto, remexendo-me muito, falando-lhe baixo, com instância, que me dissesse o que era que ninguém cuidava dele nem de mim. Ou então, de tarde...

– De tarde, não, interrompeu-me ele; não pode ser de tarde.

– Então agora...

– Papai está olhando.

Na verdade, o mestre fitava-nos. Como era mais severo para o filho, buscava-o muitas vezes com os olhos, para trazê-lo mais aperreado. Mas nós também éramos finos; metemos o nariz no livro, e continuamos a ler. Afinal cansou e tomou as folhas do dia, três ou quatro, que ele lia devagar, mastigando as ideias e as paixões. Não esqueçam que estávamos então no fim da Regência, e que era grande a agitação pública. Policarpo tinha decerto algum partido, mas nunca pude averiguar esse ponto. O pior que ele podia ter, para nós, era a palmatória. E essa lá estava, pendurada do portal da janela, à direita, com os seus cinco olhos do diabo. Era

---

[6] Levado do diabo: guiado pelo diabo, travesso, traquinas.

só levantar a mão, dependurá-la e brandi-la, com a força do costume, que não era pouca. E daí, pode ser que alguma vez as paixões políticas dominassem nele a ponto de poupar-nos uma ou outra correção. Naquele dia, ao menos, pareceu-me que lia as folhas com muito interesse; levantava os olhos de quando em quando, ou tomava uma pitada, mas tornava logo aos jornais, e lia a valer.

No fim de algum tempo – dez ou doze minutos – Raimundo meteu a mão no bolso das calças e olhou para mim.

– Sabe o que tenho aqui?

– Não.

– Uma pratinha que mamãe me deu.

– Hoje?

– Não, no outro dia, quando fiz anos...

– Pratinha de verdade?

– De verdade.

Tirou-a vagarosamente, e mostrou-me de longe. Era uma moeda do tempo do rei, cuido que doze vinténs ou dois tostões, não me lembro; mas era uma moeda, e tal moeda que me fez pular o sangue no coração. Raimundo revolveu em mim o olhar pálido; depois perguntou-me se a queria para mim. Respondi-lhe que estava caçoando, mas ele jurou que não.

– Mas então você fica sem ela?

– Mamãe depois me arranja outra. Ela tem muitas que vovô lhe deixou, numa caixinha; algumas são de ouro. Você quer esta?

Minha resposta foi estender-lhe a mão disfarçadamente, depois de olhar para a mesa do mestre. Raimundo recuou a mão dele e deu à boca um gesto amarelo, que queria sorrir. Em seguida propôs-me um negócio, uma troca de serviços; ele me daria a moeda, eu lhe explicaria um ponto da lição de sintaxe. Não conseguira reter nada do livro, e estava com medo do pai. E concluía a proposta esfregando a pratinha nos joelhos...

Tive uma sensação esquisita. Não é que eu possuísse da virtude uma ideia antes própria de homem; não é também que não fosse fácil em empregar uma ou outra mentira de criança. Sabíamos ambos enganar ao mestre. A novidade estava nos termos da proposta, na troca de lição e dinheiro, compra franca, positiva, toma lá, dá cá; tal foi a causa da sensação. Fiquei a olhar para ele, à toa, sem poder dizer nada.

Compreende-se que o ponto da lição era difícil, e que o Raimundo, não o tendo aprendido, recorria a um meio que lhe pareceu útil para escapar ao castigo do pai. Se me tem pedido a coisa, por favor, alcançá-la-ia do mesmo modo, como de outras vezes; mas parece que era a lembrança das outras vezes, o medo de achar a minha vontade frouxa ou cansada, e não aprender como queria, – e pode ser mesmo que em alguma ocasião lhe tivesse ensinado mal, – parece que tal foi a causa da proposta. O pobre-diabo contava com o favor, – mas queria assegurar- lhe a eficácia, e daí recorreu à moeda que a mãe lhe dera e que ele guardava como relíquia ou brinquedo; pegou dela e veio esfregá-la nos joelhos, à minha vista, como uma tentação... Realmente, era bonita, fina, branca, muito branca; e para mim, que só trazia cobre no bolso, quando trazia alguma coisa, um cobre feio, grosso, azinhavrado[7]...

Não queria recebê-la, e custava-me recusá-la. Olhei para o mestre, que continuava a ler, com tal interesse, que lhe pingava o rapé do nariz. – Ande, tome, dizia-me baixinho o filho. E a pratinha fuzilava-lhe entre os dedos, como se fora

---

[7] Azinhavrado: coberto de uma camada de cor verde que se forma sobre superfícies de latão, cobre; com zinabre.

diamante... Em verdade, se o mestre não visse nada, que mal havia? E ele não podia ver nada, estava agarrado aos jornais lendo com fogo, com indignação...

– Tome, tome...

Relancei os olhos pela sala, e dei com os do Curvelo em nós; disse ao Raimundo que esperasse. Pareceu-me que o outro nos observava, então dissimulei; mas daí a pouco deitei--lhe outra vez o olho, e – tanto se ilude a vontade! – não lhe vi mais nada. Então cobrei ânimo.

– Dê cá...

Raimundo deu-me a pratinha, sorrateiramente; eu meti-a na algibeira das calças, com um alvoroço que não posso definir. Cá estava ela comigo, pegadinha à perna. Restava prestar o serviço, ensinar a lição e não me demorei em fazê-lo, nem o fiz mal, ao menos conscientemente; passava-lhe a explicação em um retalho de papel que ele recebeu com cautela e cheio de atenção. Sentia-se que despendia um esforço cinco ou seis vezes maior para aprender um nada; mas contanto que ele escapasse ao castigo, tudo iria bem.

De repente, olhei para o Curvelo e estremeci; tinha os olhos em nós, com um riso que me pareceu mau. Disfarcei; mas daí a pouco, voltando-me outra vez para ele, achei-o do mesmo modo, com o mesmo ar, acrescendo que entrava a remexer-se no banco, impaciente. Sorri para ele e ele não sorriu; ao contrário, franziu a testa, o que lhe deu um aspecto ameaçador. O coração bateu-me muito.

– Precisamos muito cuidado, disse eu ao Raimundo.

– Diga-me isto só, murmurou ele.

Fiz-lhe sinal que se calasse; mas ele instava, e a moeda, cá no bolso, lembrava-me o contrato feito. Ensinei-lhe o que era, disfarçando muito; depois, tornei a olhar para o Curvelo, que me pareceu ainda mais inquieto, e o riso, dantes mau, estava agora pior. Não é preciso dizer que também eu ficara em brasas, ansioso que a aula acabasse; mas nem o relógio andava como das outras vezes, nem o mestre fazia caso da escola; este lia os jornais, artigo por artigo, pontuando-os com exclamações, com gestos de ombros, com uma ou duas pancadinhas na mesa. E lá fora, no céu azul, por cima do morro, o mesmo eterno papagaio, guinando a um lado e outro, como se me chamasse a ir ter com ele. Imaginei-me ali com os livros e a pedra embaixo da mangueira, e a pratinha no bolso das calças, que eu não daria a ninguém, nem que me serrassem; guardá-la-ia em casa, dizendo a mamãe que a tinha achado na rua. Para que me não fugisse, ia-a apalpando, roçando-lhe os dedos pelo cunho[8], quase lendo pelo tato a inscrição, com uma grande vontade de espiá-la.

– Oh! *seu* Pilar! bradou o mestre com voz de trovão.

Estremeci como se acordasse de um sonho, e levantei-me às pressas. Dei com o mestre, olhando para mim, cara fechada, jornais dispersos, e ao pé da mesa, em pé, o Curvelo. Pareceu-me adivinhar tudo.

– Venha cá! bradou o mestre.

Fui e parei diante dele. Ele enterrou-me pela consciência dentro um par de olhos pontudos; depois chamou o filho. Toda a escola tinha parado; ninguém mais lia, ninguém fazia um só movimento. Eu, conquanto não tirasse os olhos do mestre, sentia no ar a curiosidade e o pavor de todos.

– Então o senhor recebe dinheiro para ensinar as lições aos outros? disse-me o Policarpo.

– Eu...

– Dê cá a moeda que este seu colega lhe deu! clamou.

[8] Cunho: relevo impresso na moeda.

Não obedeci logo, mas não pude negar nada. Continuei a tremer muito. Policarpo bradou de novo que lhe desse a moeda, e eu não resisti mais, meti a mão no bolso, vagarosamente, saquei-a e entreguei-lha. Ele examinou-a de um e outro lado, bufando de raiva; depois estendeu o braço e atirou-a à rua. E então disse-nos uma porção de coisas duras, que tanto o filho como eu acabávamos de praticar uma ação feia, indigna, baixa, uma vilania, e para emenda e exemplo íamos ser castigados. Aqui pegou da palmatória.

– Perdão, *seu* mestre... solucei eu.

– Não há perdão! Dê cá a mão! dê cá! vamos! sem-vergonha! dê cá a mão!

– Mas, *seu* mestre...

– Olhe que é pior!

Estendi-lhe a mão direita, depois a esquerda, e fui recebendo os bolos uns por cima dos outros, até completar doze, que me deixaram as palmas vermelhas e inchadas. Chegou a vez do filho, e foi a mesma coisa; não lhe poupou nada, dois, quatro, oito, doze bolos. Acabou, pregou-nos outro sermão. Chamou-nos sem-vergonhas, desaforados, e jurou que se repetíssemos o negócio, apanharíamos tal castigo que nos havia de lembrar para todo o sempre. E exclamava: Porcalhões! tratantes! faltos de brio!

Eu, por mim, tinha a cara no chão. Não ousava fitar ninguém, sentia todos os olhos em nós. Recolhi-me ao banco, soluçando, fustigado pelos impropérios do mestre. Na sala arquejava o terror; posso dizer que naquele dia ninguém faria igual negócio. Creio que o próprio Curvelo enfiara[9] de medo. Não olhei logo para ele, cá dentro de mim jurava quebrar-

---

[9] Enfiara: empalidecera.

-lhe a cara, na rua, logo que saíssemos, tão certo como três e dois serem cinco.

Daí a algum tempo olhei para ele; ele também olhava para mim, mas desviou a cara, e penso que empalideceu. Compôs-se e entrou a ler em voz alta; estava com medo. Começou a variar de atitude, agitando-se à toa, coçando os joelhos, o nariz. Pode ser até que se arrependesse de nos ter denunciado; e na verdade, por que denunciar-nos? Em que é que lhe tirávamos alguma coisa?

"Tu me pagas! tão duro como osso!" dizia eu comigo.

Veio a hora de sair, e saímos; ele foi adiante, apressado, e eu não queria brigar ali mesmo, na Rua do Costa, perto do colégio; havia de ser na Rua Larga de S. Joaquim. Quando, porém, cheguei à esquina, já o não vi; provavelmente escondera-se em algum corredor ou loja; entrei numa botica, espiei em outras casas, perguntei por ele a algumas pessoas, ninguém me deu notícia. De tarde faltou à escola.

Em casa não contei nada, é claro; mas para explicar as mãos inchadas, menti a minha mãe, disse-lhe que não tinha sabido a lição. Dormi nessa noite, mandando ao diabo os dois meninos, tanto o da denúncia como o da moeda. E sonhei com a moeda; sonhei que, ao tornar à escola, no dia seguinte, dera com ela na rua, e a apanhara, sem medo nem escrúpulos...

De manhã, acordei cedo. A ideia de ir procurar a moeda fez-me vestir depressa. O dia estava esplêndido, um dia de maio, sol magnífico, ar brando, sem contar as calças novas que minha mãe me deu, por sinal que eram amarelas. Tudo isso, e a pratinha... Saí de casa, como se fosse trepar ao trono de Jerusalém. Piquei o passo para que ninguém chegasse antes de mim à escola; ainda assim não andei tão depressa que amarrotasse as calças. Não, que elas eram bonitas! Mirava-as, fugia aos encontros, ao lixo da rua...

Na rua encontrei uma companhia do batalhão de fuzileiros, tambor à frente, rufando. Não podia ouvir isto quieto. Os soldados vinham batendo o pé rápido, igual, direita, esquerda, ao som do rufo; vinham, passaram por mim, e foram andando. Eu senti uma comichão nos pés, e tive ímpeto de ir atrás deles. Já lhes disse: o dia estava lindo, e depois o tambor... Olhei para um e outro lado; afinal, não sei como foi, entrei a marchar também ao som do rufo, creio que cantarolando alguma coisa: *Rato na casaca*... Não fui à escola, acompanhei os fuzileiros, depois enfiei pela Saúde[10], e acabei a manhã na Praia da Gamboa. Voltei para casa com as calças enxovalhadas, sem pratinha no bolso nem ressentimento na alma. E contudo a pratinha era bonita e foram eles, Raimundo e Curvelo, que me deram o primeiro conhecimento, um da corrupção, outro da delação; mas o diabo do tambor...

[10] Saúde: bairro carioca localizado entre a Praça Mauá e a Gamboa, na zona portuária da cidade do Rio de Janeiro. Teve seu auge nos séculos XVIII e XIX.

O CASO DA VARA[1]

(*Páginas recolhidas*, 1899)

Damião fugiu do seminário às onze horas da manhã de uma sexta-feira de agosto. Não sei bem o ano; foi antes de 1850. Passados alguns minutos parou vexado; não contava com o efeito que produzia nos olhos da outra gente aquele seminarista que ia espantado, medroso, fugitivo. Desconhecia as ruas, andava e desandava; finalmente parou. Para onde iria? Para casa, não; lá estava o pai que o devolveria ao seminário, depois de um bom castigo. Não assentara no ponto de refúgio, porque a saída estava determinada para mais tarde; uma circunstância fortuita a apressou. Para onde iria? Lembrou-se do padrinho, João Carneiro, mas o padrinho era um moleirão sem vontade, que por si só não faria coisa útil. Foi ele que o levou ao seminário e o apresentou ao reitor:

– Trago-lhe o grande homem que há de ser, disse ele ao reitor.

– Venha, acudiu este, venha o grande homem, contanto que seja também humilde e bom. A verdadeira grandeza é chã[2]. Moço...

---

1 Este conto foi originalmente publicado na *Gazeta de Notícias*, em 1º de fevereiro de 1891, assinado por Machado de Assis.

2 Chã: plana, sem relevos.

Tal foi a entrada. Pouco tempo depois fugiu o rapaz ao seminário. Aqui o vemos agora na rua, espantado, incerto, sem atinar com refúgio nem conselho; percorreu de memória as casas de parentes e amigos, sem se fixar em nenhuma. De repente, exclamou:

– Vou pegar-me com Sinhá Rita! Ela manda chamar meu padrinho, diz-lhe que quer que eu saia do seminário... Talvez assim...

Sinhá Rita era uma viúva, querida de João Carneiro; Damião tinha umas ideias vagas dessa situação e tratou de a aproveitar. Onde morava? Estava tão atordoado, que só daí a alguns minutos é que lhe acudiu a casa; era no Largo do Capim.

– Santo nome de Jesus! Que é isto? bradou Sinhá Rita, sentando-se na marquesa[3], onde estava reclinada.

Damião acabava de entrar espavorido; no momento de chegar à casa, vira passar um padre, e deu um empurrão à porta, que por fortuna não estava fechada a chave nem ferrolho. Depois de entrar espiou pela rótula[4], a ver o padre. Este não deu por ele e ia andando.

– Mas que é isto, Sr. Damião? bradou novamente a dona da casa, que só agora o conhecera. Que vem fazer aqui?

Damião, trêmulo, mal podendo falar, disse que não tivesse medo, não era nada; ia explicar tudo.

– Descanse; e explique-se.

– Já lhe digo; não pratiquei nenhum crime, isso juro; mas espere.

Sinhá Rita olhava para ele espantada, e todas as crias[5], de casa, e de fora, que estavam sentadas em volta da sala, diante

---

[3] Marquesa: tipo de sofá, sem encosto e com assento de palhinha.

[4] Rótula: grade de ripas que guarnece janelas.

[5] Crias: crianças criadas em outra família, geralmente, por não ter recursos.

das suas almofadas de renda, todas fizeram parar os bilros e as mãos. Sinhá Rita vivia principalmente de ensinar a fazer renda, crivo e bordado. Enquanto o rapaz tomava fôlego, ordenou às pequenas que trabalhassem, e esperou. Afinal, Damião contou tudo, o desgosto que lhe dava o seminário; estava certo de que não podia ser bom padre; falou com paixão, pediu-lhe que o salvasse.

– Como assim? Não posso nada.

– Pode, querendo.

– Não, replicou ela abanando a cabeça; não me meto em negócios de sua família, que mal conheço; e então seu pai, que dizem que é zangado!

Damião viu-se perdido. Ajoelhou-se-lhe aos pés, beijou-lhe as mãos, desesperado.

– Pode muito, Sinhá Rita; peço-lhe pelo amor de Deus, pelo que a senhora tiver de mais sagrado, por alma de seu marido, salve-me da morte, porque eu mato-me, se voltar para aquela casa.

Sinhá Rita, lisonjeada com as súplicas do moço, tentou chamá-lo a outros sentimentos. A vida de padre era santa e bonita, disse-lhe ela; o tempo lhe mostraria que era melhor vencer as repugnâncias e um dia... Não, nada, nunca! redarguia Damião, abanando a cabeça e beijando-lhe as mãos; e repetia que era a sua morte. Sinhá Rita hesitou ainda muito tempo; afinal perguntou-lhe por que não ia ter com o padrinho.

– Meu padrinho? Esse é ainda pior que papai; não me atende, duvido que atenda a ninguém...

– Não atende? interrompeu Sinhá Rita ferida em seus brios. Ora, eu lhe mostro se atende ou não...

Chamou um moleque e bradou-lhe que fosse à casa do Sr. João Carneiro chamá-lo, já e já; e se não estivesse em casa, perguntasse onde podia ser encontrado, e corresse a dizer-lhe que precisava muito de lhe falar imediatamente.

– Anda, moleque.

Damião suspirou alto e triste. Ela, para mascarar a autoridade com que dera aquelas ordens, explicou ao moço que o Sr. João Carneiro fora amigo do marido e arranjara-lhe algumas crias para ensinar. Depois, como ele continuasse triste, encostado a um portal, puxou-lhe o nariz, rindo:

– Ande lá, seu padreco, descanse que tudo se há de arranjar.

Sinhá Rita tinha quarenta anos na certidão de batismo, e vinte e sete nos olhos. Era apessoada, viva, patusca[6], amiga de rir; mas, quando convinha, brava como diabo. Quis alegrar o rapaz, e, apesar da situação, não lhe custou muito. Dentro de pouco, ambos eles riam, ela contava-lhe anedotas, e pedia-lhe outras, que ele referia com singular graça. Uma destas, estúrdia[7], obrigada a trejeitos, fez rir a uma das crias de Sinhá Rita, que esquecera o trabalho, para mirar e escutar o moço. Sinhá Rita pegou de uma vara que estava ao pé da marquesa, e ameaçou-a:

– Lucrécia, olha a vara!

A pequena abaixou a cabeça, aparando o golpe, mas o golpe não veio. Era uma advertência; se à noitinha a tarefa não estivesse pronta, Lucrécia receberia o castigo do costume. Damião olhou para a pequena; era uma negrinha, magricela, um frangalho de nada, com uma cicatriz na testa e uma queimadura na mão esquerda. Contava onze anos. Damião reparou que tossia, mas para dentro, surdamente, a fim de não interromper a conversação. Teve pena da negrinha, e

---

6 Patusca: que gosta de divertir-se e divetir os outros.

7 Estúrdia: incomum, esquisita.

resolveu apadrinhá-la, se não acabasse a tarefa. Sinhá Rita não lhe negaria o perdão... Demais, ela rira por achar-lhe graça; a culpa era sua, se há culpa em ter chiste[8].

Nisto, chegou João Carneiro. Empalideceu quando viu ali o afilhado, e olhou para Sinhá Rita, que não gastou tempo com preâmbulos. Disse-lhe que era preciso tirar o moço do seminário, que ele não tinha vocação para a vida eclesiástica, e antes um padre de menos que um padre ruim. Cá fora também se podia amar e servir a Nosso Senhor. João Carneiro, assombrado, não achou que replicar durante os primeiros minutos; afinal, abriu a boca e repreendeu o afilhado por ter vindo incomodar "pessoas estranhas", e em seguida afirmou que o castigaria.

– Qual castigar, qual nada! interrompeu Sinhá Rita. Castigar por quê? Vá, vá falar a seu compadre.

– Não afianço nada, não creio que seja possível...

– Há de ser possível, afianço eu. Se o senhor quiser, continuou ela com certo tom insinuativo, tudo se há de arranjar. Peça-lhe muito, que ele cede. Ande, senhor João Carneiro, seu afilhado não volta para o seminário; digo-lhe que não volta...

– Mas, minha senhora...

– Vá, vá.

João Carneiro não se animava a sair, nem podia ficar. Estava entre um puxar de forças opostas. Não lhe importava, em suma, que o rapaz acabasse clérigo, advogado ou médico, ou outra qualquer coisa, vadio que fosse; mas o pior é que lhe cometiam uma luta ingente[9] com os sentimentos mais íntimos do compadre, sem certeza do resultado; e, se este fosse negativo, outra luta com Sinhá Rita, cuja última palavra

---

8 Ter chiste: ser espirituoso, engraçado.

9 Ingente: enorme.

era ameaçadora: "digo-lhe que ele não volta". Tinha de haver por força um escândalo. João Carneiro estava com a pupila desvairada, a pálpebra trêmula, o peito ofegante. Os olhares que deitava a Sinhá Rita eram de súplica, mesclados de um tênue raio de censura. Por que lhe não pedia outra coisa? Por que lhe não ordenava que fosse a pé, debaixo de chuva, à Tijuca, ou Jacarepaguá? Mas logo persuadir ao compadre que mudasse a carreira do filho... Conhecia o velho; era capaz de lhe quebrar uma jarra na cara. Ah! se o rapaz caísse ali, de repente, apoplético, morto! Era uma solução – cruel, é certo, mas definitiva.

– Então? insistiu Sinhá Rita.

Ele fez-lhe um gesto de mão que esperasse. Coçava a barba, procurando um recurso. Deus do céu! um decreto do Papa dissolvendo a Igreja, ou, pelo menos, extinguindo os seminários, faria acabar tudo em bem. João Carneiro voltaria para casa e ia jogar os *três-setes*[10]. Imaginai que o barbeiro de Napoleão era encarregado de comandar a Batalha de Austerlitz[11]... Mas a Igreja continuava, os seminários continuavam, o afilhado continuava cosido à parede, olhos baixos, esperando, sem solução apoplética.

– Vá, vá, disse Sinhá Rita dando-lhe o chapéu e a bengala.

Não teve remédio. O barbeiro meteu a navalha no estojo, travou da espada e saiu à campanha. Damião respirou; exteriormente deixou-se estar na mesma, olhos fincados no chão, acabrunhado. Sinhá Rita puxou-lhe desta vez o queixo.

– Ande jantar, deixe-se de melancolias.

– A senhora crê que ele alcance alguma coisa?

---

10 *Três-setes*: jogo de cartas de baralho, de origem italiana.

11 Batalha de Austerlitz: foi travada em 1805, na região onde hoje fica a Morávia (parte oriental da República Tcheca). Nela, Napoleão venceu os exércitos russo e austríaco.

– Há de alcançar tudo, redarguiu Sinhá Rita cheia de si. Ande, que a sopa está esfriando.

Apesar do gênio galhofeiro de Sinhá Rita e do seu próprio espírito leve, Damião esteve menos alegre ao jantar que na primeira parte do dia. Não fiava do caráter mole do padrinho. Contudo, jantou bem; e, para o fim, voltou às pilhérias da manhã. À sobremesa, ouviu um rumor de gente na sala, e perguntou se o vinham prender.

– Hão de ser as moças.

Levantaram-se e passaram à sala. As moças eram cinco vizinhas que iam todas as tardes tomar café com Sinhá Rita, e ali ficavam até o cair da noite.

As discípulas, findo o jantar delas, tornaram às almofadas do trabalho. Sinhá Rita presidia a todo esse mulherio de casa e de fora. O sussurro dos bilros e o palavrear das moças eram ecos tão mundanos, tão alheios à teologia e ao latim, que o rapaz deixou-se ir por eles e esqueceu o resto. Durante os primeiros minutos, ainda houve da parte das vizinhas certo acanhamento, mas passou depressa. Uma delas cantou uma modinha, ao som da guitarra, tangida por Sinhá Rita, e a tarde foi passando depressa. Antes do fim, Sinhá Rita pediu a Damião que contasse certa anedota que lhe agradara muito. Era a tal que fizera rir Lucrécia.

– Ande, senhor Damião, não se faça de rogado, que as moças querem ir embora. Vocês vão gostar muito.

Damião não teve remédio senão obedecer. Malgrado o anúncio e a expectação, que serviam a diminuir o chiste e o efeito, a anedota acabou entre risadas das moças. Damião, contente de si, não esqueceu Lucrécia e olhou para ela, a ver se rira também. Viu-a com a cabeça metida na almofada para acabar a tarefa. Não ria; ou teria rido para dentro, como tossia.

Saíram as vizinhas, e a tarde caiu de todo. A alma de Damião foi-se fazendo tenebrosa, antes da noite. Que estaria acontecendo? De instante a instante, ia espiar pela rótula, e voltava cada vez mais desanimado. Nem sombra do padrinho. Com certeza, o pai fê-lo calar, mandou chamar dois negros, foi à polícia pedir um pedestre[12], e aí vinha pegá-lo à força e levá-lo ao seminário. Damião perguntou a Sinhá Rita se a casa não teria saída pelos fundos; correu ao quintal, e calculou que podia saltar o muro. Quis ainda saber se haveria modo de fugir para a Rua da Vala, ou se era melhor falar a algum vizinho que fizesse o favor de o receber. O pior era a batina; se Sinhá Rita lhe pudesse arranjar um rodaque[13], uma sobrecasaca velha... Sinhá Rita dispunha justamente de um rodaque, lembrança ou esquecimento de João Carneiro.

– Tenho um rodaque do meu defunto, disse ela, rindo; mas para que está com esses sustos? Tudo se há de arranjar, descanse.

Afinal, à boca da noite, apareceu um escravo do padrinho, com uma carta para Sinhá Rita. O negócio ainda não estava composto; o pai ficou furioso e quis quebrar tudo; bradou que não, senhor, que o peralta havia de ir para o seminário, ou então metia-o no Aljube[14] ou na presiganga[15]. João Carneiro lutou muito para conseguir que o compadre não resolvesse logo, que dormisse a noite, e meditasse bem se era conveniente dar à religião um sujeito tão rebelde e vicioso. Explicava na carta que falou assim para melhor ganhar a causa. Não a tinha por ganha; mas no dia seguinte lá iria ver o homem, e teimar de novo. Concluía dizendo que o moço fosse para a casa dele.

---

[12] Pedestre: soldado de polícia do Rio antigo.

[13] Rodaque: espécie de sobretudo.

[14] Aljube: cadeia, prisão eclesiástica inaugurada em 1735.

[15] Presiganga: navio que servia de prisão.

Damião acabou de ler a carta e olhou para Sinhá Rita. Não tenho outra tábua de salvação, pensou ele. Sinhá Rita mandou vir um tinteiro de chifre, e na meia folha da própria carta escreveu esta resposta: "Joãozinho, ou você salva o moço, ou nunca mais nos vemos". Fechou a carta com obreia[16], e deu-a ao escravo, para que a levasse depressa. Voltou a reanimar o seminarista, que estava outra vez no capuz da humildade e da consternação. Disse-lhe que sossegasse, que aquele negócio era agora dela.

– Hão de ver para quanto presto! Não, que eu não sou de brincadeiras!

Era a hora de recolher os trabalhos. Sinhá Rita examinou-os; todas as discípulas tinham concluído a tarefa. Só Lucrécia estava ainda à almofada, meneando os bilros, já sem ver; Sinhá Rita chegou-se a ela, viu que a tarefa não estava acabada, ficou furiosa, e agarrou-a por uma orelha.

– Ah! malandra!

– Nhanhã, nhanhã[17]! pelo amor de Deus! por Nossa Senhora que está no céu.

– Malandra! Nossa Senhora não protege vadias!

Lucrécia fez um esforço, soltou-se das mãos da senhora, e fugiu para dentro; a senhora foi atrás e agarrou-a.

– Anda cá!

– Minha senhora, me perdoe! tossia a negrinha.

– Não perdoo, não. Onde está a vara?

E tornaram ambas à sala, uma presa pela orelha, debatendo-se, chorando e pedindo; a outra dizendo que não, que a havia de castigar.

– Onde está a vara?

---

[16] Obreia: folha fina de farinha de trigo, usada para fechar cartas; espécie de lacre.

[17] Nhanhã: iaiá, tratamento que se dava a moças, muito usado na escravidão.

A vara estava à cabeceira da marquesa, do outro lado da sala. Sinhá Rita, não querendo soltar a pequena, bradou ao seminarista:

– Sr. Damião, dê-me aquela vara, faz favor?

Damião ficou frio... Cruel instante! Uma nuvem passou-lhe pelos olhos. Sim, tinha jurado apadrinhar a pequena, que por causa dele, atrasara o trabalho...

– Dê-me a vara, Sr. Damião!

Damião chegou a caminhar na direção da marquesa. A negrinha pediu-lhe então por tudo o que houvesse mais sagrado, pela mãe, pelo pai, por Nosso Senhor...

– Me acuda, meu sinhô moço!

Sinhá Rita, com a cara em fogo e os olhos esbugalhados, instava pela vara, sem largar à negrinha, agora presa de um acesso de tosse. Damião sentiu-se compungido; mas ele precisava tanto sair do seminário! Chegou à marquesa, pegou na vara e entregou-a a Sinhá Rita.

UNS BRAÇOS[1]

(*Várias histórias*, 1896)

Inácio estremeceu, ouvindo os gritos do solicitador[2], recebeu o prato que este lhe apresentava e tratou de comer, debaixo de uma trovoada de nomes, malandro, cabeça de vento, estúpido, maluco.

– Onde anda que nunca ouve o que lhe digo? Hei de contar tudo a seu pai, para que lhe sacuda a preguiça do corpo com uma boa vara de marmelo, ou um pau; sim, ainda pode apanhar, não pense que não. Estúpido! Maluco!

– Olhe que lá fora é isto mesmo que você vê aqui, continuou, voltando-se para D. Severina, senhora que vivia com ele maritalmente, há anos. Confunde-me os papéis todos, erra as casas, vai a um escrivão em vez de ir a outro, troca os advogados: é o diabo! É o tal sono pesado e contínuo. De manhã é o que se vê; primeiro que acorde é preciso quebrar-lhe os ossos... Deixe; amanhã hei de acordá-lo a pau de vassoura!

---

1 Este conto foi originalmente publicado na *Gazeta de Notícias*, em 5 de novembro de 1885, assinado por Machado de Assis.

2 Solicitador: aquele que, sem ser diplomado, tinha licença para exercer a advocacia.

D. Severina tocou-lhe no pé, como pedindo que acabasse. Borges expectorou ainda alguns impropérios, e ficou em paz com Deus e os homens.

Não digo que ficou em paz com os meninos, porque o nosso Inácio não era propriamente menino. Tinha quinze anos feitos e bem feitos. Cabeça inculta, mas bela, olhos de rapaz que sonha, que adivinha, que indaga, que quer saber e não acaba de saber nada. Tudo isso posto sobre um corpo não destituído de graça, ainda que mal vestido. O pai é barbeiro na Cidade Nova, e pô-lo de agente, escrevente, ou que quer que era, do solicitador Borges, com esperança de vê-lo no foro, porque lhe parecia que os procuradores de causas ganhavam muito. Passava-se isto na Rua da Lapa, em 1870.

Durante alguns minutos não se ouviu mais que o tinir dos talheres e o ruído da mastigação. Borges abarrotava-se de alface e vaca; interrompia-se para virgular a oração com um golpe de vinho e continuava logo calado.

Inácio ia comendo devagarinho, não ousando levantar os olhos do prato, nem para colocá-los onde eles estavam no momento em que o terrível Borges o descompôs. Verdade é que seria agora muito arriscado. Nunca ele pôs os olhos nos braços de D. Severina que se não esquecesse de si e de tudo.

Também a culpa era antes de D. Severina em trazê-los assim nus, constantemente. Usava mangas curtas em todos os vestidos de casa, meio palmo abaixo do ombro; dali em diante ficavam-lhe os braços à mostra. Na verdade, eram belos e cheios, em harmonia com a dona, que era antes grossa que fina, e não perdiam a cor nem a maciez por viverem ao ar; mas é justo explicar que ela os não trazia assim por faceira, senão porque já gastara todos os vestidos de mangas compridas. De pé, era muito vistosa; andando, tinha meneios engraçados; ele, entretanto, quase que só a via à mesa, onde, além dos braços, mal poderia mirar-lhe o busto. Não se pode dizer que era bonita; mas também não era feia. Nenhum adorno; o próprio penteado consta de mui pouco; alisou os cabelos, apanhou-os, atou-os e fixou-os no alto da cabeça com o pente de tartaruga que a mãe lhe deixou. Ao pescoço, um lenço escuro; nas orelhas, nada. Tudo isso com vinte e sete anos floridos e sólidos.

Acabaram de jantar. Borges, vindo o café, tirou quatro charutos da algibeira, comparou-os, apertou-os entre os dedos, escolheu um e guardou os restantes. Aceso o charuto, fincou os cotovelos na mesa e falou a D. Severina de trinta mil coisas que não interessavam nada ao nosso Inácio; mas enquanto falava, não o descompunha e ele podia devanear à larga.

Inácio demorou o café o mais que pôde. Entre um e outro gole alisava a toalha, arrancava dos dedos pedacinhos de pele imaginários ou passava os olhos pelos quadros da sala de jantar, que eram dois, um S. Pedro e um S. João, registros trazidos de festas encaixilhados em casa. Vá que disfarçasse com S. João, cuja cabeça moça alegra as imaginações católicas, mas com o austero S. Pedro era demais. A única defesa do moço Inácio é que ele não via nem um nem outro; passava os olhos por ali como por nada. Via só os braços de D. Severina, – ou porque sorrateiramente olhasse para eles, ou porque andasse com eles impressos na memória.

– Homem, você não acaba mais? Bradou de repente o solicitador.

Não havia remédio; Inácio bebeu a última gota, já fria, e retirou-se, como de costume, para o seu quarto, nos fundos da casa. Entrando, fez um gesto de zanga e desespero e foi depois encostar-se a uma das duas janelas que davam para o mar. Cinco minutos depois, a vista das águas próximas e das montanhas ao longe restituía-lhe o sentimento confuso, vago, inquieto, que lhe doía e fazia bem, alguma coisa que deve sentir a planta, quando abotoa[3] a primeira flor. Tinha vontade de ir embora e de ficar. Havia cinco semanas que ali morava, e a vida era sempre a mesma, sair de manhã com o Borges, andar por audiências e cartórios, correndo, levando papéis ao selo, ao distribuidor, aos escrivães, aos oficiais de justiça. Voltava à tarde, jantava e recolhia-se ao quarto, até a hora da ceia; ceava e ia dormir. Borges não lhe dava intimidade na família, que se compunha apenas de D. Severina, nem Inácio a via mais de três vezes por dia, durante as refeições. Cinco semanas de solidão, de trabalho sem gosto, longe da mãe e das irmãs; cinco semanas de silêncio, porque ele só falava uma ou outra vez na rua; em casa, nada.

"Deixe estar, – pensou ele um dia – fujo daqui e não volto mais."

Não foi; sentiu-se agarrado e acorrentado pelos braços de D. Severina. Nunca vira outros tão bonitos e tão frescos. A educação que tivera não lhe permitia encará-los logo abertamente, parece até que a princípio afastava os olhos, vexado. Encarou-os pouco a pouco, ao ver que eles não tinham outras mangas, e assim os foi descobrindo, mirando e amando. No fim de três semanas eram eles, moralmente falando, as suas tendas de repouso. Aguentava toda a trabalheira de fora, toda a melancolia da solidão e do silêncio, toda a grosseria do patrão, pela única paga de ver, três vezes por dia, o famoso par de braços.

Naquele dia, enquanto a noite ia caindo e Inácio estirava-se na rede (não tinha ali outra cama), D. Severina, na sala da frente, recapitulava o episódio do jantar e, pela primeira vez, desconfiou alguma coisa. Rejeitou a ideia logo, uma criança!

---

3 Abotoa: lança o botão.

Mas há ideias que são da família das moscas teimosas: por mais que a gente as sacuda, elas tornam e pousam. Criança? Tinha quinze anos; e ela advertiu que entre o nariz e a boca do rapaz havia um princípio de rascunho de buço. Que admira que começasse a amar? E não era ela bonita? Esta outra ideia não foi rejeitada, antes afagada e beijada. E recordou então os modos dele, os esquecimentos, as distrações, e mais um incidente, e mais outro, tudo eram sintomas, e concluiu que sim.

– Que é que você tem? Disse-lhe o solicitador, estirado no canapé, ao cabo de alguns minutos de pausa.

– Não tenho nada.

– Nada? Parece que cá em casa anda tudo dormindo! Deixem estar, que eu sei de um bom remédio para tirar o sono aos dorminhocos...

E foi por ali, no mesmo tom zangado, fuzilando ameaças, mas realmente incapaz de as cumprir, pois era antes grosseiro que mau. D. Severina interrompia-o que não, que era engano, não estava dormindo, estava pensando na comadre Fortunata. Não a visitavam desde o Natal; por que não iriam lá uma daquelas noites? Borges redarguia que andava cansado, trabalhava como um negro, não estava para visitas de parola; e descompôs a comadre, descompôs o compadre, descompôs o afilhado, que não ia ao colégio, com dez anos! Ele, Borges, com dez anos, já sabia ler, escrever e contar, não muito bem, é certo, mas sabia. Dez anos! Havia de ter um bonito fim: – vadio, e o côvado e meio[4] nas costas. A tarimba[5] é que viria ensiná-lo.

---

[4] "Côvado e meio": originalmente, era o comprimento da túnica da farda militar (Um côvado equivalia a 66 cm.). Por extensão de sentido, "pôr o côvado e meio às costas de um rapaz" equivalia a usar a túnica militar, isto é, obrigá-lo a se engajar no Exército.

[5] Tarimba: vida de soldado.

D. Severina apaziguava-o com desculpas, a pobreza da comadre, o caiporismo do compadre, e fazia-lhe carinhos, a medo, que eles podiam irritá-lo mais. A noite caíra de todo; ela ouviu o *tlic* do lampião do gás da rua, que acabavam de acender, e viu o clarão dele nas janelas da casa fronteira. Borges, cansado do dia, pois era realmente um trabalhador de primeira ordem, foi fechando os olhos e pegando no sono, e deixou-a só na sala, às escuras, consigo e com a descoberta que acaba de fazer.

Tudo parecia dizer à dama que era verdade; mas essa verdade, desfeita a impressão do assombro, trouxe-lhe uma complicação moral, que ela só conheceu pelos efeitos, não achando meio de discernir o que era. Não podia entender-se nem equilibrar-se, chegou a pensar em dizer tudo ao solicitador, e ele que mandasse embora o fedelho. Mas que era tudo? Aqui estacou: realmente, não havia mais que suposição, coincidência e possivelmente ilusão. Não, não, ilusão não era. E logo recolhia os indícios vagos, as atitudes do mocinho, o acanhamento, as distrações, para rejeitar a ideia de estar enganada. Daí a pouco, (capciosa natureza!) refletindo que seria mau cusá-lo sem fundamento, admitiu que se iludisse, para o único fim de observá-lo melhor e averiguar bem a realidade das coisas.

Já nessa noite, D. Severina mirava por baixo dos olhos os gestos de Inácio; não chegou a achar nada, porque o tempo do chá era curto e o rapazinho não tirou os olhos da xícara. No dia seguinte pôde observar melhor, e nos outros otimamente. Percebeu que sim, que era amada e temida, amor adolescente e virgem, retido pelos liames sociais e por um sentimento de inferioridade que o impedia de reconhecer-se a si mesmo. D. Severina compreendeu que não havia recear nenhum desacato, e concluiu que o melhor era não dizer nada ao solicitador; poupava-lhe um desgosto, e outro à pobre criança. Já se persuadia bem que ele era criança, e assentou de o tratar tão secamente como até ali, ou ainda mais. E assim fez; Inácio começou a sentir que ela fugia com os olhos, ou falava áspero, quase tanto como o próprio Borges. De outras vezes, é verdade que o tom da voz saía brando e até meigo, muito meigo; assim como o olhar, geralmente esquivo, tanto errava por outras partes, que, para descansar, vinha pousar na cabeça dele; mas tudo isso era curto.

– Vou-me embora, repetia ele na rua como nos primeiros dias.

Chegava a casa e não se ia embora. Os braços de D. Severina fechavam-lhe um parêntesis no meio do longo e fastidioso período da vida que levava, e essa oração intercalada trazia uma ideia original e profunda, inventada pelo céu unicamente para ele. Deixava-se estar e ia andando. Afinal, porém, teve de sair, e para nunca mais; eis aqui como e porquê.

D. Severina tratava-o desde alguns dias com benignidade. A rudeza da voz parecia acabada, e havia mais do que brandura, havia desvelo e carinho. Um dia recomendava-lhe que não apanhasse ar, outro que não bebesse água fria depois do café quente, conselhos, lembranças, cuidados de amiga e mãe, que lhe lançaram na alma ainda maior inquietação e confusão. Inácio chegou ao extremo de confiança de rir um dia à mesa, coisa que jamais fizera; e o solicitador não o tratou mal dessa vez, porque era ele que contava um caso engraçado, e ninguém pune a outro pelo aplauso que recebe. Foi então que D. Severina viu que a boca do mocinho, graciosa estando calada, não o era menos quando ria.

A agitação de Inácio ia crescendo, sem que ele pudesse acalmar-se nem entender-se. Não estava bem em parte nenhuma. Acordava de noite, pensando em D. Severina. Na rua, trocava de esquinas, errava as portas, muito mais que dantes, e não via mulher, ao longe ou ao perto, que lha não trouxesse à memória. Ao entrar no corredor da casa, voltando do trabalho, sentia sempre algum alvoroço, às vezes grande, quando dava com ela no topo da escada, olhando através das grades de pau da cancela, como tendo acudido a ver quem era.

Um domingo, – nunca ele esqueceu esse domingo, – estava só no quarto, à janela, virado para o mar, que lhe falava a mesma linguagem obscura e nova de D. Severina. Divertia-se em olhar para as gaivotas, que faziam grandes giros no ar, ou pairavam em cima d'água, ou avoaçavam somente. O dia estava lindíssimo. Não era só um domingo cristão; era um imenso domingo universal.

Inácio passava-os todos ali no quarto ou à janela, ou relendo um dos três folhetos que trouxera consigo, contos de outros tempos, comprados a tostão, debaixo do passadiço do Largo do Paço. Eram duas horas da tarde. Estava cansado, dormira mal a noite, depois de haver andado muito na véspera; estirou-se na rede, pegou em um dos folhetos, a *Princesa Magalona*[6], e começou a ler. Nunca pôde entender por que é que todas as heroínas dessas velhas histórias tinham a mesma cara e talhe de D. Severina, mas a verdade é que os tinham. Ao cabo de meia hora, deixou cair o folheto e pôs os olhos na parede, donde, cinco minutos depois, viu sair a dama dos seus cuidados. O natural era que se espantasse; mas não se espantou. Embora com as pálpebras cerradas, viu-a desprender-se de todo, parar, sorrir e andar para a rede. Era ela mesma, eram os seus mesmos braços.

---

6 *Princesa Magalona*: referência a *A História da princesa Magalona, filha do rei de Nápoles, e do nobre Pedro de Provença, e dos muitos trabalhos e adversidades que passaram*, obra anônima, de origem medieval, muito popular no Brasil no século XIX.

É certo, porém, que D. Severina tanto não podia sair da parede, dado que houvesse ali porta ou rasgão, que estava justamente na sala da frente ouvindo os passos do solicitador que descia as escadas. Ouviu-o descer; foi à janela vê-lo sair e só se recolheu quando ele se perdeu ao longe, no caminho da Rua das Mangueiras. Então entrou e foi sentar-se no canapé. Parecia fora do natural, inquieta, quase maluca; levantando-se, foi pegar na jarra que estava em cima do aparador e deixou-a no mesmo lugar; depois caminhou até à porta, deteve-se e voltou, ao que parece, sem plano. Sentou-se outra vez, cinco ou dez minutos. De repente, lembrou-se que Inácio comera pouco ao almoço e tinha o ar abatido, e advertiu que podia estar doente; podia ser até que estivesse muito mal.

Saiu da sala, atravessou rasgadamente o corredor e foi até o quarto do mocinho, cuja porta achou escancarada. D. Severina parou, espiou, deu com ele na rede, dormindo, com o braço para fora e o folheto caído no chão. A cabeça inclinava-se um pouco do lado da porta, deixando ver os olhos fechados, os cabelos revoltos e um grande ar de riso e de beatitude.

D. Severina sentiu bater-lhe o coração com veemência e recuou. Sonhara de noite com ele; pode ser que ele estivesse sonhando com ela. Desde madrugada que a figura do mocinho andava-lhe diante dos olhos como uma tentação diabólica. Recuou ainda, depois voltou, olhou dois, três, cinco minutos, ou mais. Parece que o sono dava à adolescência de Inácio uma expressão mais acentuada quase feminina, quase pueril. "Uma criança!" disse ela a si mesma, naquela língua sem palavras que todos trazemos conosco. E esta ideia abateu-lhe o alvoroço do sangue e dissipou-lhe em parte a turvação dos sentidos.

"Uma criança!"

E mirou-o lentamente, fartou-se de vê-lo, com a cabeça inclinada, o braço caído; mas, ao mesmo tempo que o achava criança, achava-o bonito, muito mais bonito que acordado, e uma dessas ideias corrigia ou corrompia a outra. De repente estremeceu e recuou assustada: ouvira um ruído ao pé, na saleta do engomado[7]; foi ver, era um gato que deitara uma tigela ao chão. Voltando devagarinho a espiá-lo, viu que dormia profundamente. Tinha o sono duro a criança! O rumor, que a abalara tanto, não o fez sequer mudar de posição. E ela continuou a vê-lo dormir, – dormir e talvez sonhar.

Que não possamos ver os sonhos uns dos outros! D. Severina ter-se-ia visto a si mesma na imaginação do rapaz; ter-se-ia visto diante da rede, risonha e parada; depois inclinar-se, pegar-lhe nas mãos, levá-las ao peito, cruzando ali os braços, os famosos braços. Inácio, namorado deles, ainda assim ouvia as palavras dela, que eram lindas, cálidas, principalmente novas, – ou, pelo menos, pertenciam a algum idioma que ele não conhecia, posto que o entendesse. Duas, três e quatro vezes a figura esvaía-se, para tornar logo, vindo do mar ou de outra parte, entre gaivotas, ou atravessando o corredor, com toda a graça robusta de que era capaz. E tornando, inclinava-se, pegava-lhe outra vez das mãos e cruzava ao peito os braços, até que, inclinando-se, ainda mais, muito mais, abrochou[8] os lábios e deixou-lhe um beijo na boca.

Aqui o sonho coincidiu com a realidade, e as mesmas bocas uniram-se na imaginação e fora dela. A diferença é que a visão não recuou, e a pessoa real tão depressa cumprira o gesto, como fugiu até à porta, vexada e medrosa. Dali passou à sala da frente, aturdida do que fizera, sem olhar fixamente

---

[7] Saleta do engomado: saleta onde se passa roupa.

[8] Abrochou: cerrou, apertou.

para nada. Afiava o ouvido, ia até o fim do corredor, a ver se escutava algum rumor que lhe dissesse que ele acordara, e só depois de muito tempo é que o medo foi passando. Na verdade, a criança tinha o sono duro; nada lhe abria os olhos, nem os fracassos contíguos, nem os beijos de verdade. Mas, se o medo foi passando, o vexame ficou e cresceu. D. Severina não acabava de crer que fizesse aquilo; parece que embrulhara os seus desejos na ideia de que era uma criança namorada que ali estava sem consciência nem imputação; e, meia mãe, meia amiga, inclinara-se e beijara-o. Fosse como fosse, estava confusa, irritada, aborrecida, mal consigo e mal com ele. O medo de que ele podia estar fingindo que dormia apontou-lhe na alma e deu-lhe um calafrio.

Mas a verdade é que dormiu ainda muito, e só acordou para jantar. Sentou-se à mesa lépido. Conquanto achasse D. Severina calada e severa e o solicitador tão ríspido como nos outros dias, nem a rispidez de um, nem a severidade da outra podiam dissipar-lhe a visão graciosa que ainda trazia consigo, ou amortecer-lhe a sensação do beijo. Não reparou que D. Severina tinha um xale que lhe cobria os braços; reparou depois, na segunda-feira, e na terça-feira também, e até sábado, que foi o dia em que Borges mandou dizer ao pai que não podia ficar com ele; e não o fez zangado, porque o tratou relativamente bem e ainda lhe disse à saída:

– Quando precisar de mim para alguma coisa, procure-me.

– Sim, senhor. A Sra. D. Severina...

– Está lá para o quarto, com muita dor de cabeça. Venha amanhã ou depois despedir-se dela.

Inácio saiu sem entender nada. Não entendia a despedida, nem a completa mudança de D. Severina, em relação a ele, nem o xale, nem nada. Estava tão bem! Falava-lhe com tanta amizade! Como é que, de repente... Tanto pensou que acabou supondo de sua parte algum olhar indiscreto, alguma distração que a ofendera; não era outra coisa; e daqui a cara fechada e o xale que cobria os braços tão bonitos... Não importa; levava consigo o sabor do sonho. E através dos anos, por meio de outros amores, mais efetivos e longos, nenhuma sensação achou nunca igual à daquele domingo, na Rua da Lapa, quando ele tinha quinze anos. Ele mesmo exclama às vezes, sem saber que se engana:

– E foi um sonho! Um simples sonho!

O EMPRÉSTIMO[1]

(*Papéis avulsos*, 1882)

Vou divulgar uma anedota[2], mas uma anedota no genuíno sentido do vocábulo, que o vulgo ampliou às historietas de pura invenção. Esta é verdadeira; podia citar algumas pessoas que a sabem tão bem como eu. Nem ela andou recôndita, senão por falta de um espírito repousado, que lhe achasse a filosofia. Como deveis saber, há em todas as coisas um sentido filosófico. Carlyle[3] descobriu o dos coletes, ou, mais propriamente, o do vestuário; e ninguém ignora que os números, muito antes da loteria do Ipiranga[4], formavam

---

1 Este conto foi originalmente publicado na *Gazeta de Notícias*, em 30 de julho de 1882, assinado por Machado de Assis.

2 Anedota: narrativa sobre algum fato curioso ou divertido que ocorre à margem do acontecimento principal.

3 Carlyle, Thomas (1795-1881): escritor, historiador e professor escocês. Ficou muito conhecido por sua obra *História da Revolução Francesa*, mas Machado de Assis refere-se aí a *Sartor Resartus* (1834), ficção que critica a sociedade baseada na roupa, na figura de um imaginário filósofo alemão que teria escrito *A filosofia da roupa*.

4 Loteria do Ipiranga: instituída em 1880 com o fim de arrecadar fundos para a construção do Monumento do Ipiranga, diferentemente das outras, oferecia a oportunidade de muitos prêmios. Dessa forma, atraiu milhares de populares.

o sistema de Pitágoras[5]. Pela minha parte creio ter decifrado este caso de empréstimo; ides ver se me engano.

E, para começar, emendemos[6] Sêneca[7]. Cada dia, ao parecer daquele moralista, é, em si mesmo, uma vida singular; por outros termos, uma vida dentro da vida. Não digo que não; mas por que não acrescentou ele, que muitas vezes uma só hora é a representação de uma vida inteira? Vede este rapaz: entra no mundo com uma grande ambição, uma pasta de ministro, um banco, uma coroa de visconde, um báculo pastoral. Aos cinquenta anos, vamos achá-lo simples apontador de alfândega, ou sacristão da roça. Tudo isso que se passou em trinta anos, pode algum Balzac[8] metê-lo em trezentas páginas; por que não há de a vida, que foi a mestra de Balzac, apertá-lo em trinta ou sessenta minutos?

Tinham batido quatro horas no cartório do tabelião Vaz Nunes, à Rua do Rosário. Os escreventes deram ainda as últimas penadas: depois limparam as penas de ganso na ponta de seda preta que pendia da gaveta ao lado; fecharam as gavetas, concertaram[9] os papéis, arrumaram os autos e os livros, lavaram as mãos; alguns que mudavam de paletó à

---

5 Pitágoras (±570 a.C.-±496 a.C.): filósofo, matemático, astrônomo e músico grego; para ele, o número representava a harmonia e a ordem, ou seja, era a essência de todas as coisas. Criou uma seita místico-matemática, o pitagorismo, fundindo todos os conhecimentos.

6 Emendemos: corrijamos.

7 Sêneca (4 a.C.-65 a.C.): um dos mais célebres filósofos do império romano, era avesso à escravidão e à distinção social. Propunha a fraternidade entre os homens como forma de amenizar as dores da existência.

8 Balzac, Honoré (1789-1850): foi um escritor extremamente prolífico. *A comédia humana* (reunião de quase toda a sua produção, excetuando alguns escritos do início de sua carreira) conta com 95 romances, além de novelas e contos, que pretendem dar conta da sociedade francesa da época. É considerado o fundador do Realismo na literatura moderna.

9 Concertaram: puseram em harmonia.

entrada, despiram o do trabalho e enfiaram o da rua; todos saíram. Vaz Nunes ficou só.

Este honesto tabelião era um dos homens mais perspicazes do século. Está morto: podemos elogiá-lo à vontade. Tinha um olhar de lanceta, cortante e agudo. Ele adivinhava o caráter das pessoas que o buscavam para escriturar os seus acordos e resoluções; conhecia a alma de um testador muito antes de acabar o testamento; farejava as manhas secretas e os pensamentos reservados. Usava óculos, como todos os tabeliães de teatro; mas, não sendo míope, olhava por cima deles, quando queria ver, e através deles, se pretendia não ser visto. Finório como ele só, diziam os escreventes. Em todo o caso, circunspeto. Tinha cinquenta anos, era viúvo, sem filhos, e, para falar como alguns outros serventuários, roía muito caladinho os seus duzentos contos de réis.

– Quem é? perguntou ele de repente, olhando para a porta da rua.

Estava à porta, parado na soleira, um homem que ele não conheceu logo, e mal pôde reconhecer daí a pouco. Vaz Nunes pediu-lhe o favor de entrar; ele obedeceu, cumprimentou-o, estendeu-lhe a mão, e sentou-se na cadeira ao pé da mesa. Não trazia o acanho natural a um pedinte; ao contrário, parecia que não vinha ali senão para dar ao tabelião alguma coisa preciosíssima e rara. E, não obstante, Vaz Nunes estremeceu e esperou.

– Não se lembra de mim?

– Não me lembro...

– Estivemos juntos uma noite, há alguns meses, na Tijuca... Não se lembra? Em casa do Teodorico, aquela grande ceia de Natal; por sinal que lhe fiz uma saúde... Veja se se lembra do Custódio.

– Ah!

Custódio endireitou o busto, que até então inclinara um pouco. Era um homem de quarenta anos. Vestia pobremente, mas escovado, apertado, correto. Usava unhas longas, curadas com esmero, e tinha as mãos muito bem talhadas, macias, ao contrário da pele do rosto, que era agreste. Notícias mínimas, e aliás necessárias ao complemento de um certo ar duplo que distinguia este homem, um ar de pedinte e general. Na rua, andando, sem almoço, sem vintém, parecia levar após si um exército. A causa não era outra mais do que o contraste entre a natureza e a situação, entre a alma e a vida. Esse Custódio nascera com a vocação da riqueza, sem a vocação do trabalho. Tinha o instinto das elegâncias, o amor do supérfluo, da boa chira[10], das belas damas, dos tapetes finos, dos móveis raros, um voluptuoso, e, até certo ponto, um artista, capaz de reger a vila Torloni[11] ou a galeria Hamilton[12]. Mas não tinha dinheiro; nem dinheiro, nem aptidão ou pachorra de o ganhar; por outro lado, precisava viver. *Il faut bien que je vive*[13], dizia um pretendente ao ministro Talleyrand[14]. *Je n'en vois pas la nécessité*[15], redarguiu friamente o ministro. Ninguém dava essa resposta ao Custódio; davam-lhe dinheiro, um dez, outro cinco, outro vinte mil-réis, e de tais espórtulas[16] é que ele principalmente tirava o albergue e a comida.

---

[10] Chira: alimentação.

[11] Vila Torloni: luxuosa residência situada na Via Nomentana, em Roma. Começou a ser construída pela família Torloni (ricos banqueiros italianos) no século XVI.

[12] Galeria Hamilton: é parte do palácio de mesmo nome situado em Londres. Foi construída por Alexander Hamilton (1767-1852) para exibir sua coleção de arte; em julho de 1882, foi vendida por uma imensa quantia.

[13] *Il faut bien que je vive* (fr.): Eu preciso viver.

[14] Talleyrand (1754-1838): diplomata e político francês.

[15] *Je n'en vois pas la necessité*: Não vejo a necessidade disso.

[16] Espórtulas: gorjetas, gratificações.

Digo que principalmente vivia delas, porque o Custódio não recusava meter-se em alguns negócios, com a condição de escolhê-los, e escolhia sempre os que não prestavam para nada. Tinha o faro das catástrofes. Entre vinte empresas, adivinhava logo a insensata, e metia ombros a ela, com resolução. O caiporismo, que o perseguia, fazia com que as dezenove prosperassem, e a vigésima lhe estourasse nas mãos. Não importa; aparelhava-se para outra.

Agora, por exemplo, leu um anúncio de alguém que pedia um sócio, com cinco contos de réis, para entrar em certo negócio, que prometia dar, nos primeiros seis meses, oitenta a cem contos de lucro. Custódio foi ter com o anunciante. Era uma grande ideia, uma fábrica de agulhas, indústria nova, de imenso futuro. E os planos, os desenhos da fábrica, os relatórios de Birmingham[17], os mapas de importação, as respostas dos alfaiates, dos donos de armarinho, etc., todos os documentos de um longo inquérito passavam diante dos olhos de Custódio, estrelados de algarismos, que ele não entendia, e que por isso mesmo lhe pareciam dogmáticos. Vinte e quatro horas; não pedia mais de vinte e quatro horas para trazer os cinco contos. E saiu dali, cortejado, amimado[18] pelo anunciante, que, ainda à porta, o afogou numa torrente de saldos. Mas os cinco contos, menos dóceis ou menos vagabundos que os cinco mil-réis, sacudiam incredulamente a cabeça, e deixavam-se estar nas arcas, tolhidos de medo e de sono. Nada. Oito ou dez amigos, a quem falou, disseram-lhe que nem dispunham agora da soma pedida, nem acreditavam na fábrica. Tinha perdido as esperanças, quando aconteceu subir a Rua do Rosário e ler no portal de um cartório o nome

[17] Birmingham: cidade da Inglaterra na região metropolitana de Londres. Na Idade Média, foi importante polo comercial.

[18] Amimado: tratado com mimo, paparicado.

de Vaz Nunes. Estremeceu de alegria; recordou a Tijuca, as maneiras do tabelião, as frases com que ele lhe respondeu ao brinde, e disse consigo, que este era o salvador da situação.

– Venho pedir-lhe uma escritura...

Vaz Nunes, armado para outro começo, não respondeu; espiou por cima dos óculos e esperou.

– Uma escritura de gratidão, explicou o Custódio; venho pedir-lhe um grande favor, um favor indispensável, e conto que o meu amigo...

– Se estiver nas minhas mãos...

– O negócio é excelente, note-se bem; um negócio magnífico. Nem eu me metia a incomodar os outros sem certeza do resultado. A coisa está pronta; foram já encomendas para a Inglaterra; e é provável que dentro de dois meses esteja tudo montado, é uma indústria nova. Somos três sócios, a minha parte são cinco contos. Venho pedir-lhe esta quantia, a seis meses, – ou a três, com juro módico...

– Cinco contos?

– Sim, senhor.

– Mas, Sr. Custódio, não posso, não disponho de tão grande quantia. Os negócios andam mal; e ainda que andassem muito bem, não poderia dispor de tanto. Quem é que pode esperar cinco contos de um modesto tabelião de notas?

– Ora, se o senhor quisesse...

– Quero, decerto; digo-lhe que se se tratasse de uma quantia pequena, acomodada aos meus recursos, não teria dúvida em adiantá-la. Mas cinco contos! Creia que é impossível.

A alma de Custódio caiu de bruços. Subira pela escada de Jacó[19] até o céu; mas em vez de descer como os anjos no sonho

---

[19] Escada de Jacó: (Bibl.) referência ao sonho do patriarca Jacó com uma escada que levava ao céu. Por ela, anjos subiam e desciam, confirmando a presença protetora de Deus.

bíblico, rolou abaixo e caiu de bruços. Era a última esperança; e justamente por ter sido inesperada, é que ele supôs que fosse certa, pois, como todos os corações que se entregam ao regime do eventual, o do Custódio era supersticioso. O pobre-diabo sentiu enterrarem-se-lhe no corpo os milhões de agulhas que a fábrica teria de produzir no primeiro semestre. Calado, com os olhos no chão, esperou que o tabelião continuasse, que se compadecesse, que lhe desse alguma aberta; mas o tabelião, que lia isso mesmo na alma do Custódio, estava também calado, girando entre os dedos a boceta de rapé, respirando grosso, com um certo chiado nasal e implicante. Custódio ensaiou todas as atitudes; ora pedinte, ora general. O tabelião não se mexia. Custódio ergueu-se.

– Bem, disse ele, com uma pontazinha de despeito, há de perdoar o incômodo...

– Não há que perdoar; eu é que lhe peço desculpa de não poder servi-lo, como desejava. Repito: se fosse alguma quantia menos avultada, muito menos, não teria dúvida; mas...

Estendeu a mão ao Custódio, que com a esquerda pegara maquinalmente no chapéu. O olhar empanado do Custódio exprimia a absorção da alma dele, apenas convalescida da queda, que lhe tirara as últimas energias. Nenhuma escada misteriosa, nenhum céu; tudo voara a um piparote do tabelião. Adeus, agulhas! A realidade veio tomá-lo outra vez com as suas unhas de bronze. Tinha de voltar ao precário, ao adventício, às velhas contas, com os grandes zeros arregalados e os cifrões retorcidos à laia[20] de orelhas, que continuariam a fitá-lo e a ouvi-lo, a ouvi-lo e a fitá-lo, alongando para ele os algarismos implacáveis de fome. Que queda! e que abismo! Desenganado, olhou para o tabelião com um gesto de des-

---

20 À laia: à maneira de.

pedida; mas, uma ideia súbita clareou-lhe a noite do cérebro. Se a quantia fosse menor, Vaz Nunes poderia servi-lo, e com prazer; por que não seria uma quantia menor? Já agora abria mão da empresa; mas não podia fazer o mesmo a uns aluguéis atrasados, a dois ou três credores, etc., e uma soma razoável, quinhentos mil-réis, por exemplo, uma vez que o tabelião tinha a boa vontade de emprestar-lhos, vinham a ponto. A alma do Custódio empertigou-se; vivia do presente, nada queria saber do passado, nem saudades, nem temores, nem remorsos. O presente era tudo. O presente eram os quinhentos mil-réis, que ele ia ver surgir da algibeira do tabelião, como um alvará de liberdade.

– Pois bem, disse ele, veja o que me pode dar, e eu irei ter com outros amigos... Quanto?

– Não posso dizer nada a este respeito, porque realmente só uma coisa muito modesta.

– Quinhentos mil-réis?

– Não; não posso.

– Nem quinhentos mil-réis?

– Nem isso, replicou firme o tabelião. De que se admira? Não lhe nego que tenho algumas propriedades; mas, meu amigo, não ando com elas no bolso; e tenho certas obrigações particulares... Diga-me, não está empregado?

– Não, senhor.

– Olhe; dou-lhe coisa melhor do que quinhentos mil-réis; falarei ao ministro da Justiça, tenho relações com ele, e...

Custódio interrompeu-o, batendo uma palmada no joelho. Se foi um movimento natural, ou uma diversão astuciosa para não conversar do emprego, é o que totalmente ignoro; nem parece que seja essencial ao caso. O essencial é que ele teimou na súplica. Não podia dar quinhentos mil-réis? Aceitava duzentos; bastavam-lhe duzentos, não para a empresa, pois adotava o conselho dos amigos: ia recusá-la. Os duzentos mil-réis, visto que o tabelião estava disposto a ajudá-lo, eram para uma necessidade urgente, – "tapar um buraco". E então relatou tudo, respondeu à franqueza com franqueza: era a regra da sua vida. Confessou que, ao tratar da grande empresa, tivera em mente acudir também a um credor pertinaz, um diabo, um judeu, que rigorosamente ainda lhe devia, mas tivera a aleivosia[21] de trocar de posição. Eram duzentos e poucos mil-réis; e dez, parece; mas aceitava duzentos...

– Realmente, custa-me repetir-lhe o que disse; mas, enfim, nem os duzentos mil- réis posso dar. Cem mesmo, se o senhor os pedisse, estão acima das minhas forças nesta ocasião. Noutra pode ser, e não tenho dúvida, mas agora...

– Não imagina os apuros em que estou!

– Nem cem, repito. Tenho tido muitas dificuldades nestes últimos tempos.

Sociedades, subscrições, maçonaria... Custa-lhe crer, não é? Naturalmente: um proprietário. Mas, meu amigo, é muito bom ter casas: o senhor é que não conta os estragos, os consertos, as penas-d'água[22], as décimas[23], o seguro, os calotes, etc. São os buracos do pote, por onde vai a maior parte da água...

– Tivesse eu um pote! suspirou Custódio.

– Não digo que não. O que digo é que não basta ter casas para não ter cuidados, despesas, e até credores... Creia o senhor que também eu tenho credores.

– Nem cem mil-réis!

---

21 Aleivosia: deslealdade, traição.

22 Penas-d'água: taxas fixas que se pagam pelo abastecimento de água, não importando a quantidade usada.

23 Décimas: tributo ou contribuição direta.

– Nem cem mil-réis, pesa-me dizê-lo, mas é a verdade. Nem cem mil-réis. Que horas são?

Levantou-se, e veio ao meio da sala. Custódio veio também, arrastado, desesperado. Não podia acabar de crer que o tabelião não tivesse ao menos cem mil-réis. Quem é que não tem cem mil-réis consigo? Cogitou uma cena patética, mas o cartório abria para a rua; seria ridículo. Olhou para fora. Na loja fronteira, um sujeito apreçava uma sobrecasaca, à porta, porque entardecia depressa, e o interior era escuro. O caixeiro segurava a obra no ar; o freguês examinava o pano com a vista e com os dedos, depois as costuras, o forro... Este incidente rasgou-lhe um horizonte novo, embora modesto; era tempo de aposentar o paletó que trazia. Mas nem cinquenta mil-réis podia dar-lhe o tabelião. Custódio sorriu; – não de desdém, não de raiva, mas de amargura e dúvida; era impossível que ele não tivesse cinquenta mil-réis. Vinte, ao menos? Nem vinte. Nem vinte! Não; falso tudo, tudo mentira.

Custódio tirou o lenço, alisou o chapéu devagarinho; depois guardou o lenço, concertou a gravata, com um ar misto de esperança e despeito. Viera cerceando as asas à ambição, pluma a pluma; restava ainda uma penugem curta e fina, que lhe metia umas veleidades de voar. Mas o outro, nada. Vaz Nunes cotejava o relógio de parede com o do bolso, chegava este ao ouvido, limpava o mostrador, calado, transpirando por todos os poros impaciência e fastio. Estavam a pingar as cinco; deram, enfim, e o tabelião, que as esperava, desengatilhou a despedida. Era tarde; morava longe. Dizendo isto, despiu o paletó de alpaca, e vestiu o de casimira, mudou de um para outro a boceta de rapé, o lenço, a carteira... Oh! a carteira! Custódio viu esse utensílio problemático, apalpou-o com os olhos, invejou a alpaca, invejou a casimira, quis ser algibeira, quis ser o couro, a matéria mesma do precioso receptáculo.

Lá vai ela; mergulhou de todo no bolso do peito esquerdo; o tabelião abotoou-se. Nem vinte mil-réis! Era impossível que não levasse ali vinte mil-réis, pensava ele; não diria duzentos, mas vinte, dez que fossem...

– Pronto! disse-lhe Vaz Nunes, com o chapéu na cabeça.

Era o fatal instante. Nenhuma palavra do tabelião, um convite ao menos, para jantar; nada; findara tudo. Mas os momentos supremos pedem energias supremas. Custódio sentiu toda a força deste lugar-comum, e, súbito, como um tiro, perguntou ao tabelião se não lhe podia dar ao menos dez mil-réis.

– Quer ver?

E o tabelião desabotoou o paletó, tirou a carteira, abriu-a, e mostrou-lhe duas notas de cinco mil-réis.

– Não tenho mais, disse ele; o que posso fazer é reparti-los com o senhor; dou- lhe uma de cinco, e fico com a outra; serve-lhe?

Custódio aceitou os cinco mil-réis, não triste, ou de má cara, mas risonho, palpitante, como se viesse de conquistar a Ásia Menor. Era o jantar certo. Estendeu a mão ao outro, agradeceu-lhe o obséquio, despediu-se até breve, – um *até breve* cheio de afirmações implícitas. Depois saiu; o pedinte esvaiu-se à porta do cartório; o general é que foi por ali abaixo, pisando rijo, encarando fraternalmente os ingleses do comércio que subiam a rua para se transportarem aos arrabaldes. Nunca o céu lhe pareceu tão azul, nem a tarde tão límpida; todos os homens traziam na retina a alma da hospitalidade. Com a mão esquerda no bolso das calças, ele apertava amorosamente os cinco mil-réis, resíduo de uma grande ambição, que ainda há pouco saíra contra o sol, num ímpeto de águia, e ora habita modestamente as asas de frango rasteiro.

O SEGREDO DO BONZO[1]

(*Papéis avulsos*, 1882)

Capítulo inédito de Fernão Mendes Pinto[2]

Atrás deixei narrado o que se passou nesta cidade Fuchéu, capital do reino de Bungo[3], com o padre-mestre Francisco, e de como El-rei se houve com o Fucarandono e outros bonzos, que tiveram por acertado disputar ao padre as primazias da nossa santa religião. Agora direi de uma doutrina não menos curiosa que saudável ao espírito, e digna de ser divulgada a todas as repúblicas da cristandade.

Um dia, andando a passeio com Diogo Meireles, nesta mesma cidade Fuchéu, naquele ano de 1552, sucedeu deparar-se-nos um ajuntamento de povo, à esquina de uma rua,

---

1 Este conto foi publicado pela primeira vez na *Gazeta de Notícias*, em 30 de abril de 1882, assinado por Machado de Assis.

2 Fernão Mendes Pinto (1509-1583): viajante e escritor português, autor de uma coletânea de relatos, intitulada *Peregrinação,* sobre as viagens que fizera à Índia, China e Japão. Segundo fez constar, claro que com a finalidade de obter humor, Machado de Assis escrevera este conto para o intercalar entre os capítulos 213 e 214 da *Peregrinação.* No capítulo 213 se encerra a história da contenda entre São Francisco Xavier e os bonzos (sacerdotes budistas) diante do rei de Bungo, no Japão, sobre as verdades da religião cristã.

3 Bungo: antiga província do Japão, hoje área da prefeitura de Oita.

em torno a um homem da terra, que discorria com grande abundância de gestos e vozes. O povo, segundo o esmo[4] mais baixo, seria passante de cem pessoas, varões somente, e todos embasbacados. Diogo Meireles, que melhor conhecia a língua da terra, pois ali estivera muitos meses, quando andou com bandeira de veniaga[5] (agora se ocupava no exercício da medicina, que estudara convenientemente, e em que era exímio) ia-me repetindo pelo nosso idioma o que ouvia ao orador, e que em resumo, era o seguinte: – Que ele não queria outra coisa mais do que afirmar a origem dos grilos, os quais procediam do ar e das folhas de coqueiro, na conjunção da lua nova; que este descobrimento, impossível a quem não fosse, como ele, matemático, físico e filósofo, era fruto de dilatados anos de aplicação, experiência e estudo, trabalhos e até perigos de vida; mas enfim, estava feito, e todo redundava em glória do reino de Bungo, e especialmente da cidade Fuchéu, cujo filho era; e, se por ter aventado tão sublime verdade, fosse necessário aceitar a morte, ele a aceitaria ali mesmo, tão certo era que a ciência valia mais do que a vida e seus deleites.

A multidão, tanto que ele acabou, levantou um tumulto de aclamações, que esteve a ponto de ensurdecer-nos, e alçou nos braços o homem bradando: Patimau, Patimau, viva Patimau, que descobriu a origem dos grilos! E todos se foram com ele ao alpendre de um mercador, onde lhe deram refrescos e lhe fizeram muitas saudações e reverências, à maneira deste gentio, que é em extremo obsequioso e cortesão.

Desandando o caminho, vínhamos nós, Diogo Meireles e eu, falando do singular achado da origem dos grilos, quando,

---

4 Esmo: estimativa.

5 Veniaga: negociata, tramoia.

a pouca distância daquele alpendre, obra de seis credos[6], não mais, achamos outra multidão de gente, em outra esquina, escutando a outro homem. Ficamos espantados com a semelhança do caso, e Diogo Meireles, visto que também este falava apressado, repetiu-me da mesma maneira o teor da oração. E dizia este outro, com grande admiração e aplauso da gente que o cercava, que enfim descobrira o princípio da vida futura, quando a terra houvesse de ser inteiramente destruída, e era nada menos que uma certa gota de sangue de vaca; daí provinha a excelência da vaca para habitação das almas humanas, e o ardor com que esse distinto animal era procurado por muitos homens à hora de morrer; descobrimento que ele podia afirmar com fé e verdade, por ser obra de experiências repetidas e profunda cogitação, não desejando nem pedindo outro galardão mais que dar glória ao reino de Bungo e receber dele a estimação que os bons filhos merecem. O povo, que escutara esta fala com muita veneração, fez o mesmo alarido e levou o homem ao dito alpendre, com a diferença que o trepou a uma charola[7]; ali chegando, foi regalado com obséquios iguais aos que faziam a Patimau, não havendo nenhuma distinção entre eles, nem outra competência nos banqueteadores, que não fosse a de dar graças a ambos os banqueteados.

Ficamos sem saber nada daquilo, porque nem nos parecia casual a semelhança exata dos dois encontros, nem racional ou crível a origem dos grilos, dada por Patimau, ou o princípio da vida futura, descoberto por Languru, que assim se chamava o outro. Sucedeu, porém, costearmos a casa de certo

---

6 Credos: tempo que se gasta para rezar um credo, usado como unidade para medir a distância.

7 Charola: andor.

Titané, alparqueiro[8], o qual correu a falar a Diogo Meireles, de quem era amigo. E, feitos os cumprimentos, em que o alparqueiro chamou as mais galantes coisas a Diogo Meireles, tais como – ouro da verdade e sol do pensamento, – contou-lhe este o que víramos e ouvíramos pouco antes. Ao que Titané acudiu com grande alvoroço: – Pode ser que eles andem cumprindo uma nova doutrina, dizem que inventada por um bonzo de muito saber, morador em umas casas pegadas ao Monte Coral. E porque ficássemos cobiçosos de ter alguma notícia da doutrina, consentiu Titané em ir conosco no dia seguinte às casas do bonzo, e acrescentou: – Dizem que ele não a confia a nenhuma pessoa, senão às que de coração se quiserem filiar a ela; e, sendo assim, podemos simular que o queremos unicamente com o fim de a ouvir; e se for boa, chegaremos a praticá-la à nossa vontade.

No dia seguinte, ao modo concertado, fomos às casas do dito bonzo, por nome Pomada[9], um ancião de cento e oito anos, muito lido e sabido nas letras divinas e humanas, e grandemente aceito a toda aquela gentilidade, e por isso mesmo mal visto de outros bonzos, que se finavam de puro ciúme. E tendo ouvido o dito bonzo a Titané quem éramos e o que queríamos, iniciou-nos primeiro com várias cerimônias e bugiarias[10] necessárias à recepção da doutrina, e só depois dela é que alçou a voz para confiá-la e explicá-la.

– Haveis de entender, começou ele, que a virtude e o saber têm duas existências paralelas, uma no sujeito que as

---

8 Alparqueiro: o mesmo que alpercateiro, aquele que vende ou fabrica alpercatas.

9 Pomada: segundo o próprio Machado de Assis, constante ao fim da primeira edição de *Papéis avulsos*, "[*P*]*omada* e *pomadista* são locuções familiares da nossa terra: é o nome local do charlatão e do charlatanismo". Nos dicionários atuais, uma das acepções de "pomada" é "mentira, engano, fraude".

10 Bugiarias: trejeitos, gestos como os de um macaco.

possui, outra no espírito dos que o ouvem ou contemplam. Se puserdes as mais sublimes virtudes e os mais profundos conhecimentos em um sujeito solitário, remoto de todo contato com outros homens, é como se eles não existissem. Os frutos de uma laranjeira, se ninguém os gostar, valem tanto como as urzes e plantas bravias, e, se ninguém os vir, não valem nada; ou, por outras palavras mais enérgicas, não há espetáculo sem espectador. Um dia, estando a cuidar nestas coisas, considerei que, para o fim de alumiar um pouco o entendimento, tinha consumido os meus longos anos, e, aliás, nada chegaria a valer sem a existência de outros homens que me vissem e honrassem; então cogitei se não haveria um modo de obter o mesmo efeito, poupando tais trabalhos, e esse dia posso agora dizer que foi o da regeneração dos homens, pois me deu a doutrina salvadora.

Neste ponto, afiamos os ouvidos e ficamos pendurados da boca do bonzo, o qual, como lhe dissesse Diogo Meireles que a língua da terra me não era familiar, ia falando com grande pausa, porque eu nada perdesse. E continuou dizendo: – Mal podeis adivinhar o que me deu ideia da nova doutrina; foi nada menos que a pedra da lua, essa insigne pedra tão luminosa que, posta no cabeço de uma montanha ou no píncaro de uma torre, dá claridade a uma campina inteira, ainda a mais dilatada. Uma tal pedra, com tais quilates de luz, não existiu nunca, e ninguém jamais a viu; mas muita gente crê que existe e mais de um dirá que a viu com os seus próprios olhos. Considerei o caso, e entendi que, se uma coisa pode existir na opinião, sem existir na realidade, e existir na realidade, sem existir na opinião, a conclusão é que das duas existências paralelas a única necessária é a da opinião, não a da realidade, que é apenas conveniente. Tão depressa fiz este achado especulativo, como dei graças a Deus do favor especial, e determinei-me a verificá-lo por experiências; o que alcancei, em mais de um caso, que não relato, por vos não tomar o tempo. Para compreender a eficácia do meu sistema, basta advertir que os grilos não podem nascer do ar e das folhas de coqueiro, na conjunção da lua nova, e por outro lado, o princípio da vida futura não está em uma certa gota de sangue de vaca; mas Patimau e Languru, varões astutos, com tal arte souberam meter estas duas ideias no ânimo da multidão, que hoje desfrutam a nomeada de grandes físicos e maiores filósofos, e têm consigo pessoas capazes de dar a vida por eles.

Não sabíamos em que maneira déssemos ao bonzo as mostras do nosso vivo contentamento e admiração. Ele interrogou-nos ainda algum tempo, compridamente, acerca da doutrina e dos fundamentos dela, e depois de reconhecer que a entendíamos, incitou-nos a praticá-la, a divulgá-la cautelosamente, não porque houvesse nada contrário às leis divinas ou humanas, mas porque a má compreensão dela podia daná-la e perdê-la em seus primeiros passos; enfim, despediu-se de nós com a certeza (são palavras suas) de que abalávamos dali com a verdadeira alma de pomadistas; denominação esta que, por se derivar do nome dele, lhe era em extremo agradável.

Com efeito, antes de cair a tarde, tínhamos os três combinado em pôr por obra uma ideia tão judiciosa[11] quão lucrativa, pois não é só lucro o que se pode haver em moeda, senão também o que traz consideração e louvor, que é outra e melhor espécie de moeda, conquanto não dê para comprar damascos ou chaparias de ouro. Combinamos, pois, a guisa de experiência, meter cada um de nós, no ânimo da cidade

---

[11] Judiciosa: sensata, acertada.

Fuchéu, certa convicção, mediante a qual houvéssemos os mesmos benefícios que desfrutavam Patimau e Languru; mas, tão certo é que o homem não olvida o seu interesse, entendeu Titané que lhe cumpria lucrar de duas maneiras, cobrando da experiência ambas as moedas, isto é, vendendo também as suas alparcas: ao que nos não opusemos por nos parecer que nada tinha isso com o essencial da doutrina.

Consistiu a experiência de Titané em uma coisa que não sei como diga para que a entendam. Usam neste reino de Bungo, e em outros destas remotas partes, um papel feito de casca de canela moída e goma, obra mui prima, que eles talham depois em pedaços de dois palmos de comprimento, e meio de largura, nos quais desenham com vivas e variadas cores, e pela língua do país, as notícias da semana, políticas, religiosas, mercantis e outras, as novas leis do reino, os nomes das fustas[12], lancharas[13], balões[14] e toda a casta de barcos que navegam estes mares, ou em guerra, que a há frequente, ou de veniaga[15]. E digo as notícias da semana, porque as ditas folhas são feitas de oito em oito dias, em grande cópia, e distribuídas ao gentio da terra, a troco de uma espórtula, que cada um dá de bom grado para ter as notícias primeiro que os demais moradores. Ora, o nosso Titané não quis melhor esquina que este papel, chamado pela nossa língua *Vida e claridade das coisas mundanas e celestes*, título expressivo, ainda que um tanto derramado. E, pois, fez inserir no dito papel que acabavam de chegar notícias frescas de toda a costa de Malabar e da China, conforme as quais não havia outro cuidado que não fossem as famosas alparcas dele, Titané;

---

[12] Fustas: embarcações do tipo indiana, compridas e rasas.

[13] Lancharas: antigos barcos de guerra na Malásia.

[14] Balões: (ant) canoas, em geral feitas de um tronco só, na Malásia.

[15] Veniaga: ver nota 106.

que estas alparcas eram chamadas as primeiras do mundo, por serem mui sólidas e graciosas; que nada menos de vinte e dois mandarins iam requerer ao imperador para que, em vista do esplendor das famosas alparcas de Titané, as primeiras do universo, fosse criado o título honorífico de "alparca do Estado", para recompensa dos que se distinguissem em qualquer disciplina do entendimento; que eram grossíssimas as encomendas feitas de todas as partes, às quais ele, Titané, ia acudir, menos por amor ao lucro do que pela glória que dali provinha à nação; não recuando, todavia, do propósito em que estava e ficava de dar de graça aos pobres do reino umas cinquenta corjas[16] das ditas alparcas, conforme já fizera declarar a El-rei e o repetia agora; enfim, que apesar da primazia no fabrico das alparcas assim reconhecida em toda a terra, ele sabia os deveres da moderação, e nunca se julgaria mais do que um obreiro diligente e amigo da glória do reino de Bungo.

A leitura desta notícia comoveu naturalmente a toda a cidade Fuchéu, não se falando em outra coisa durante toda aquela semana. As alparcas de Titané, apenas estimadas, começaram de ser buscadas com muita curiosidade e ardor, e ainda mais nas semanas seguintes, pois não deixou ele de entreter a cidade, durante algum tempo, com muitas e extraordinárias anedotas acerca da sua mercadoria. E dizia-nos com muita graça: – Vede que obedeço ao principal da nossa doutrina, pois não estou persuadido da superioridade das tais alparcas, antes as tenho por obra vulgar, mas fi-lo crer ao povo, que as vem comprar agora, pelo preço que lhes taxo. – Não me parece, atalhei, que tenhais cumprido a doutrina em seu rigor e substância, pois não nos cabe inculcar aos

[16] Corjas: quantidade de vinte objetos do mesmo tipo.

outros uma opinião que não temos, e sim a opinião de uma qualidade que não possuímos; este é, ao certo, o essencial dela.

Dito isto, assentaram os dois que era a minha vez de tentar a experiência, o que imediatamente fiz; mas deixo de relatá-la em todas as suas partes, por não demorar a narração da experiência de Diogo Meireles, que foi a mais decisiva das três, e a melhor prova desta deliciosa invenção do bonzo. Direi somente que, por algumas luzes que tinha de música e charamela[17], em que, aliás, era mediano, lembrou-me congregar os principais de Fuchéu para que me ouvisse tanger o instrumento; os quais vieram, escutaram e foram-se repetindo que nunca antes tinham ouvido coisa tão extraordinária. E confesso que alcancei um tal resultado com o só recurso dos ademanes[18], da graça em arquear os braços para tomar a charamela, que me foi trazida em uma bandeja de prata, da rigidez do busto, da unção com que alcei os olhos ao ar, e do desdém e ufania com que os baixei à mesma assembleia, a qual neste ponto rompeu em um tal concerto de vozes e exclamações de entusiasmo, que quase me persuadiu do meu merecimento.

Mas, como digo, a mais engenhosa de todas as nossas experiências, foi a de Diogo Meireles. Lavrava então na cidade uma singular doença, que consistia em fazer inchar os narizes, tanto e tanto, que tomavam metade e mais da cara ao paciente, e não só a punham horrenda, senão que era molesto carregar tamanho peso. Conquanto os físicos da terra propusessem extrair os narizes inchados, para alívio e melhoria dos enfermos, nenhum destes consentia em prestar-se ao curativo, preferindo o excesso à lacuna, e tendo

---

17 Charamela: instrumento medieval de sopro, com som estridente.

18 Ademanes: gestos afetados.

por mais aborrecível que nenhuma outra coisa a ausência daquele órgão. Neste apertado lance, mais de um recorria à morte voluntária, como um remédio, e a tristeza era muita em toda a cidade de Fuchéu. Diogo Meireles, que desde algum tempo praticava a medicina, segundo ficou dito atrás, estudou a moléstia e reconheceu que não havia perigo em desnarigar os doentes, antes era vantajoso por lhes levar o mal, sem trazer fealdade, pois tanto valia um nariz disforme e pesado como nenhum; não alcançou, todavia, persuadir os infelizes ao sacrifício. Então ocorreu-lhe uma graciosa invenção. Assim foi que, reunindo muitos físicos, filósofos, bonzos, autoridades e povo, comunicou-lhes que tinha um segredo para eliminar o órgão; e esse segredo era nada menos que substituir o nariz achacado por um nariz são, mas de pura natureza metafísica, isto é, inacessível aos sentidos humanos, e contudo tão verdadeiro ou ainda mais do que o cortado; cura esta praticada por ele em várias partes, e muito aceita aos físicos de Malabar. O assombro da assembleia foi imenso, e não menor a incredulidade de alguns, não digo de todos, sendo que a maioria não sabia que acreditasse, pois se lhe repugnava a metafísica do nariz, cedia, entretanto à energia das palavras de Diogo Meireles, ao tom alto e convencido com que ele expôs e definiu o seu remédio. Foi então que alguns filósofos ali presentes, um tanto envergonhados do saber de Diogo Meireles, não quiseram ficar-lhe atrás, e declararam que havia bons fundamentos para tal invenção, visto não ser o homem todo outra coisa mais do que um produto da idealidade transcendental; donde resultava que podia trazer, com toda a verossimilhança, um nariz metafísico, e juravam ao povo que o efeito era o mesmo.

A assembleia aclamou a Diogo Meireles; e os doentes começaram de buscá-lo, em tanta cópia, que ele não tinha mãos a medir. Diogo Meireles desnarigava-os com muitíssima arte; depois estendia delicadamente os dedos a uma caixa, onde fingia ter os narizes substitutos, colhia um e aplicava-o ao lugar vazio. Os enfermos, assim curados e supridos, olhavam uns para os outros, e não viam nada no lugar do órgão cortado; mas, certos e certíssimos de que ali estava o órgão substituto, e que este era inacessível aos sentidos humanos, não se davam por defraudados, e tornavam aos seus ofícios. Nenhuma outra prova quero da eficácia da doutrina e do fruto dessa experiência, senão o fato de que todos os desnarigados de Diogo Meireles continuaram a prover-se dos mesmos lenços de assoar. O que tudo deixo relatado para glória do bonzo e benefício do mundo.

CONTO ALEXANDRINO[1]

(*Histórias sem data*, 1884)

Capítulo primeiro

No mar

– O quê, meu caro Stroibus! Não, impossível. Nunca jamais ninguém acreditará que o sangue de rato, dado a beber a um homem, possa fazer do homem um ratoneiro[2].

– Em primeiro lugar, Pítias, tu omites uma condição: – é que o rato deve expirar debaixo do escalpelo, para que o sangue traga o seu princípio. Essa condição é essencial. Em segundo lugar, uma vez que me apontas o exemplo do rato, fica sabendo que já fiz com ele uma experiência, e cheguei a produzir um ladrão...

– Ladrão autêntico?

– Levou-me o manto, ao cabo de trinta dias, mas deixou-me a maior alegria do mundo: a realidade da minha doutrina. Que perdi eu? um pouco de tecido grosso; e que lucrou o universo? a verdade imortal. Sim, meu caro Pítias; esta é a eterna verdade.

---

1 Este conto foi originalmente publicado na *Gazeta de Notícias*, em 13 de maio de 1883, assinado por Machado de Assis.

2 Ratoneiro: pessoa que furta coisas de baixo valor; larápio.

Os elementos constitutivos do ratoneiro estão no sangue do rato, os do paciente no boi, os do arrojado na águia...

– Os do sábio na coruja, interrompeu Pítias sorrindo.

– Não; a coruja é apenas um emblema; mas a aranha, se pudéssemos transferi-la a um homem, daria a esse homem os rudimentos da geometria e o sentimento musical. Com um bando de cegonhas, andorinhas ou grous[3], faço-te de um caseiro um viageiro. O princípio da fidelidade conjugal está no sangue da rola, o da enfatuação no dos pavões... Em suma, os deuses puseram nos bichos da terra, da água e do ar a essência de todos os sentimentos e capacidades humanas. Os animais são as letras soltas do alfabeto; o homem é a sintaxe. Esta é a minha filosofia recente; esta é a que vou divulgar na corte do grande Ptolomeu[4].

Pítias sacudiu a cabeça, e fixou os olhos no mar. O navio singrava, em direitura a Alexandria, com essa carga preciosa de dois filósofos, que iam levar àquele regaço do saber os frutos da razão esclarecida. Eram amigos, viúvos e quinquagenários. Cultivavam especialmente a metafísica, mas conheciam a física, a química, a medicina e a música; um deles, Stroibus, chegara a ser excelente anatomista, tendo lido muitas vezes os tratados do mestre Herófilo[5]. Chipre[6] era a pátria de ambos; mas, tão certo é que ninguém é profeta

---

3 Grous: aves de grande porte, pernas e pescoço longos.

4 Ptolomeu: referência provável ao contemporâneo do anatomista Herófilo, Ptolomeu I, general macedônio do Exército de Alexandre Magno que fundou a dinastia dos Ptolomeus, ou Lágides, e reinou de 305 a 282 a.C.

5 Herófilo (335 a.C.-280 a.C.): médico e sábio grego, foi um dos primeiros a basear suas conclusões na dissecação humana. É considerado o pai da anatomia.

6 Chipre: ilha situada no mar Egeu, ao sul da Turquia. Ao longo da história, a ilha foi de grande importância estratégica no Mediterrâneo e foi ocupada por diversos povos, até se tornar colônia britânica no século XIX e conseguir sua independência no século XX.

em sua terra, Chipre não dava o merecido respeito aos dois filósofos. Ao contrário, desdenhava-os; os garotos tocavam ao extremo de rir deles. Não foi esse, entretanto, o motivo que os levou a deixar a pátria. Um dia, Pítias, voltando de uma viagem, propôs ao amigo irem para Alexandria, onde as artes e as ciências eram grandemente honradas. Stroibus aderiu, e embarcaram. Só agora, depois de embarcados, é que o inventor da nova doutrina expô-la ao amigo, com todas as suas recentes cogitações e experiências.

– Está feito, disse Pítias, levantando a cabeça, não afirmo nem nego nada. Vou estudar a doutrina, e se a achar verdadeira, proponho-me a desenvolvê-la e divulgá-la.

– Viva Hélios[7]! exclamou Stroibus. Posso contar que és meu discípulo.

Capítulo II

Experiência

Os garotos alexandrinos não trataram os dois sábios com o escárnio dos garotos cipriotas. A terra era grave como a íbis pousada numa só pata, pensativa como a esfinge, circunspecta como as múmias, dura como as pirâmides; não tinha tempo nem maneira de rir. Cidade e corte, que desde muito tinham notícia dos nossos dois amigos, fizeram-lhes um recebimento régio, mostraram conhecer os seus escritos, discutiram as suas ideias, mandaram-lhes muitos presentes, papiros, crocodilos, zebras, púrpuras. Eles, porém, recusaram tudo, com simplicidade, dizendo que a filosofia bastava ao filósofo, e que o supérfluo era um dissolvente. Tão nobre resposta

[7] Hélios (mit.): personificação do sol na mitologia grega, é sempre invocado para atuar como testemunha em eventos importantes.

encheu de admiração tanto aos sábios como aos principais e à mesma plebe. E aliás, diziam os mais sagazes, que outra coisa se podia esperar de dois homens tão sublimes, que em seus magníficos tratados...

– Temos coisa melhor do que esses tratados, interrompia Stroibus. Trago uma doutrina, que, em pouco, vai dominar o universo; cuido nada menos que em reconstituir os homens e os Estados, distribuindo os talentos e as virtudes.

– Não é esse o ofício dos deuses? objetava um.

– Eu violei o segredo dos deuses, acudia Stroibus. O homem é a sintaxe[8] da natureza, eu descobri as leis da gramática divina...

– Explica-te.

– Mais tarde; deixa-me experimentar primeiro. Quando a minha doutrina estiver completa, divulgá-la-ei como a maior riqueza que os homens jamais poderão receber de um homem.

Imaginem a expectação pública e a curiosidade dos outros filósofos, embora incrédulos de que a verdade recente viesse aposentar as que eles mesmos possuíam. Entretanto, esperavam todos. Os dois hóspedes eram apontados na rua até pelas crianças. Um filho meditava trocar a avareza do pai, um pai a prodigalidade do filho, uma dama a frieza de um varão, um varão os desvarios de uma dama, porque o Egito, desde os faraós até aos Lágides[9], era a terra de Putifar[10], da mulher

---

[8] Sintaxe: disposição harmoniosa das partes.

[9] Lágides: dinastia de origem macedônia que tem início em 305 a.C. com Ptolomeu I, general de Alexandre Magno. Seu domínio sobre o Egito termina em 30 a.C., com a morte de Cleópatra VII.

[10] Putifar: segundo o Antigo Testamento (Gênesis, 39), Putifar era um oficial da corte do Egito, cuja mulher tentou, inutilmente, seduzir José, filho de Israel.

de Putifar, da capa de José[11], e do resto. Stroibus tornou-se a esperança da cidade e do mundo.

Pítias, tendo estudado a doutrina, foi ter com Stroibus, e disse-lhe:

– Metafisicamente, a tua doutrina é um despropósito; mas estou pronto a admitir uma experiência, contando que seja decisiva. Para isto, meu caro Stroibus, há só um meio. Tu e eu, tanto pelo cultivo de razão como pela rigidez do caráter, somos o que há mais oposto ao vício do furto. Pois bem, se conseguires incutir-nos esse vício, não será preciso mais; se não conseguires nada (e podes crê-lo, porque é um absurdo) recuarás de semelhante doutrina, e tornarás às nossas velhas meditações.

Stroibus aceitou a proposta.

– O meu sacrifício é o mais penoso, disse ele, pois estou certo do resultado; mas que não merece a verdade? A verdade é imortal; o homem é um breve momento...

Os ratos egípcios, se pudessem saber de tal acordo, teriam imitado os primitivos hebreus, aceitando a fuga para o deserto[12], antes do que a nova filosofia. E podemos crer que seria um desastre. A ciência, como a guerra, tem necessidades imperiosas; e desde que a ignorância dos ratos, a sua fraqueza, a superioridade mental e física dos dois filósofos eram outras tantas vantagens na experiência que ia começar, cumpria não perder tão boa ocasião de saber se efetivamente o princípio das paixões e das virtudes humanas estava distribuído pelas várias espécies de animais, e se era possível transmiti-lo.

---

[11] Capa de José (Bibl., Gênesis 37): capa de várias cores dada a José por seu pai. Esse gesto atiça a inveja dos seus irmãos, que o vendem aos ismaelitas, embebem-lhe a capa em sangue e a apresentam ao pai, levando-o a pensar que o filho predileto havia morrido.

[12] Fuga para o deserto: referência ao episódio bíblico (Êxodo), que relata a fuga dos judeus para fora do Egito, conduzidos por Moisés, em direção à terra prometida.

Stroibus engaiolava os ratos; depois, um a um, ia-os sujeitando ao ferro. Primeiro, atava uma tira de pano no focinho do paciente; em seguida, os pés, finalmente, cingia com um cordel as pernas e o pescoço do animal à tábua da operação. Isto feito, dava o primeiro talho no peito, com vagar, e com vagar ia enterrando o ferro até tocar o coração, porque era opinião dele que a morte instantânea corrompia o sangue e retirava-lhe o princípio. Hábil anatomista, operava com uma firmeza digna do propósito científico. Outro, menos destro, interromperia muita vez a tarefa, porque as contorções de dor e de agonia tornavam difícil o meneio do escalpelo; mas essa era justamente a superioridade de Stroibus: tinha o pulso magistral e prático.

Ao lado dele, Pítias aparava o sangue e ajudava a obra, já contendo os movimentos convulsivos do paciente, já espiando-lhe nos olhos o progresso da agonia. As observações que ambos faziam eram notadas em folhas de papiro; e assim ganhava a ciência de duas maneiras. Às vezes, por divergência de apreciação, eram obrigados a escalpelar maior número de ratos do que o necessário; mas não perdiam com isso, porque o sangue dos excedentes era conservado e ingerido depois. Um só desses casos mostrará a consciência com que eles procediam. Pítias observara que a retina do rato agonizante mudava de cor até chegar ao azul-claro, ao passo que a observação de Stroibus dava a cor de canela como o tom final da morte. Estavam na última operação do dia; mas o ponto valia a pena, e, não obstante o cansaço, fizeram sucessivamente dezenove experiências sem resultado definitivo; Pítias insistia pela cor azul, e Stroibus pela cor de canela. O vigésimo rato esteve prestes a pô-los de acordo, mas Stroibus advertiu, com muita sagacidade, que a sua posição era agora diferente, retificou-a e escalpelaram mais vinte e cinco. Destes, o primeiro ainda os deixou em dúvida; mas os outros vinte e quatro provaram-lhes que a cor final não era canela nem azul, mas um lírio roxo, tirando a claro.

A descrição exagerada das experimentações deu rebate à porção sentimental da cidade, e excitou a loquela[13] de alguns sofistas[14]; mas o grave Stroibus (com brandura, para não agravar uma disposição própria da alma humana) respondeu que a verdade valia todos os ratos do universo, e não só os ratos, como os pavões, as cabras, os cães, os rouxinóis, etc.; que, em relação aos ratos, além de ganhar a ciência, ganhava a cidade, vendo diminuída a praga de um animal tão daninho; e, se a mesma consideração não se dava com outros animais, como, por exemplo, as rolas e os cães, que eles iam escalpelar daí a tempos, nem por isso os direitos da verdade eram menos imprescritíveis. A natureza não há de ser só a mesa de jantar, concluía em forma de aforismo[15], mas também a mesa de ciência.

E continuavam a extrair o sangue e a bebê-lo. Não o bebiam puro, mas diluído em um cozimento de cinamomo, suco de acácia e bálsamo, que lhe tirava todo o sabor primitivo. As doses eram diárias e diminutas; tinham, portanto, de aguardar um longo prazo antes de produzido o efeito. Pítias, impaciente e incrédulo, mofava do amigo.

– Então? Nada?

– Espera, dizia outro, espera. Não se incute um vício como se cose um par de sandálias.

[13] Loquela: verbosidade excessiva.

[14] Sofistas: que utilizam a habilidade retórica para defender argumentos logicamente inconsistentes.

[15] Aforismo: máxima ou sentença que em poucas palavras resume a regra de alcance moral.

Capítulo III

Vitória

Enfim, venceu Stroibus! A experiência provou a doutrina. E Pítias foi o primeiro que deu mostras da realidade do efeito, atribuindo-se umas três ideias ouvidas ao próprio Stroibus; este, em compensação, furtou-lhe quatro comparações e uma teoria dos ventos. Nada mais científico do que essas estreias. As ideias alheias, por isso mesmo que não foram compradas na esquina, trazem um certo ar comum; e é muito natural começar por elas antes de passar aos livros emprestados, às galinhas, aos papéis falsos, às províncias, etc. A própria denominação de plágio é um indício de que os homens compreendem a dificuldade de confundir esse embrião da ladroeira com a ladroeira formal.

Duro é dizê-lo; mas a verdade é que eles deitaram ao Nilo a bagagem metafísica, e dentro de pouco estavam larápios acabados. Concertavam-se de véspera, e iam aos mantos, aos bronzes, às ânforas de vinho, às mercadorias do porto, às boas dracmas[16]. Como furtassem sem estrépito, ninguém dava por eles; mas, ainda mesmo que os suspeitassem, como fazê-lo crer aos outros? Já então Ptolomeu coligira na biblioteca muitas riquezas e raridades; e, porque conviesse ordená-las, designou para isso cinco gramáticos e cinco filósofos, entre estes os nossos dois amigos. Estes últimos trabalharam com singular ardor, sendo os primeiros que entravam e os últimos que saíam, e ficando ali muitas noites, ao clarão da lâmpada, decifrando, coligindo, classificando. Ptolomeu, entusiasmado, meditava para eles os mais altos destinos.

Ao cabo de algum tempo, começaram a notar-se faltas graves: – um exemplar de Homero, três rolos de manuscritos

---

[16] Dracmas: moedas de prata da Grécia antiga.

persas, dois de samaritanos, uma soberba coleção de cartas originais de Alexandre[17], cópias de leis atenienses, o 2º e o 3º livro da *República* de Platão[18], etc., etc. A autoridade pôs-se à espreita; mas a esperteza do rato, transferida a um organismo superior, era naturalmente maior, e os dois ilustres gatunos zombavam de espias e guardas. Chegaram ao ponto de estabelecer este preceito filosófico de não sair dali com as mãos vazias; traziam sempre alguma coisa, uma fábula, quando menos. Enfim, estando a sair um navio para Chipre, pediram licença a Ptolomeu, com promessa de voltar, coseram os livros dentro de couros de hipopótamo, puseram-lhe rótulos falsos, e trataram de fugir. Mas a inveja de outros filósofos não dormia; deu rebate às suspeitas dos magistrados, e descobriu-se o roubo. Stroibus e Pítias foram tidos por aventureiros, mascarados com os nomes daqueles dois varões ilustres; Ptolomeu entregou-os à Justiça com ordem de os passar logo ao carrasco. Foi então que interveio Herófilo, inventor da anatomia.

Capítulo IV

Plus ultra![19]

– Senhor, disse ele a Ptolomeu, tenho-me limitado até agora a escalpelar cadáveres. Mas o cadáver dá-me a estrutu-

---

[17] Alexandre: conhecido como Alexandre, o Grande (356 a.C.-323 a.C.), foi o responsável por formar o grande império da Macedônia e derrotar os persas, em apenas doze anos.

[18] Platão (±428 a.C.- ±348 a.C.): filósofo e matemático da Grécia Antiga, foi o fundador da Academia em Atenas, primeira instituição de educação superior do mundo ocidental. Escreveu diálogos, entre os quais o mais importante é *A república*, que aborda diversos temas, política, educação, artes, imortalidade da alma e outros, tendo como eixo a justiça.

[19] *Plus ultra*: (lat.) mais além.

ra, não me dá a vida; dá-me os órgãos, não me dá as funções. Eu preciso das funções e da vida.

– Que me dizes? redarguiu Ptolomeu. Queres estripar os ratos de Stroibus?

– Não, senhor; não quero estripar os ratos.

– Os cães? os gansos? as lebres?

– Nada; peço alguns homens vivos.

– Vivos? não é possível...

– Vou demonstrar que não só é possível, mas até legítimo e necessário. As prisões egípcias estão cheias de criminosos, e os criminosos ocupam, na escala humana, um grau muito inferior. Já não são cidadãos, nem mesmo se podem dizer homens, porque a razão e a virtude, que são os dois principais característicos humanos, eles os perderam, infringindo a lei e a moral. Além disso, uma vez que têm de expiar com a morte os seus crimes, não é justo que prestem algum serviço à verdade e à ciência? A verdade é imortal; ela vale não só todos os ratos, como todos os delinquentes do universo.

Ptolomeu achou o raciocínio exato, e ordenou que os criminosos fossem entregues a Herófilo e seus discípulos. O grande anatomista agradeceu tão insigne obséquio, e começou a escalpelar os réus. Grande foi o assombro do povo; mas, salvo alguns pedidos verbais, não houve nenhuma manifestação contra a medida. Herófilo repetia o que dissera a Ptolomeu, acrescentando que a sujeição dos réus à experiência anatômica era até um modo indireto de servir à moral, visto que o terror do escalpelo impediria a prática de muitos crimes.

Nenhum dos criminosos, ao deixar a prisão, suspeitava o destino científico que o esperava. Saíam um por um; às vezes dois a dois, ou três a três. Muitos deles, estendidos e atados à mesa da operação, não chegavam a desconfiar nada; imaginavam que era um novo gênero de execução sumária. Só quando os anatomistas definiam o objeto do estudo do dia, alçavam os ferros e davam os primeiros talhos, é que os desgraçados adquiriam a consciência da situação. Os que se lembravam de ter visto as experiências dos ratos, padeciam em dobro, porque a imaginação juntava à dor presente o espetáculo passado.

Para conciliar os interesses da ciência com os impulsos da piedade, os réus não eram escalpelados à vista uns dos outros, mas sucessivamente. Quando vinham aos dois ou aos três, não ficavam em lugar donde os que esperavam pudessem ouvir os gritos do paciente, embora os gritos fossem muitas vezes abafados por meio de aparelhos; mas se eram abafados, não eram suprimidos, e em certos casos, o próprio objeto da experiência exigia que a emissão da voz fosse franca. Às vezes as operações eram simultâneas; mas então faziam-se em lugares distanciados.

Tinham sido escalpelados cerca de cinquenta réus, quando chegou a vez de Stroibus e Pítias. Vieram buscá-los; eles supuseram que era para a morte judiciária, e encomendaram-se aos deuses. De caminho, furtaram uns figos, e explicaram o caso alegando que era um impulso da fome; adiante, porém, subtraíram uma flauta, e essa outra ação não a puderam explicar satisfatoriamente. Todavia, a astúcia do larápio é infinita, e Stroibus, para justificar a ação, tentou extrair algumas notas do instrumento, enchendo de compaixão as pessoas que os viam passar, e não ignoravam a sorte que iam ter. A notícia desses dois novos delitos foi narrada por Herófilo, e abalou a todos os seus discípulos.

– Realmente, disse o mestre, é um caso extraordinário, um caso lindíssimo. Antes do principal, examinemos aqui o outro ponto...

O ponto era saber se o nervo do latrocínio residia na palma da mão ou na extremidade dos dedos; problema esse sugerido por um dos discípulos. Stroibus foi o primeiro sujeito à operação. Compreendeu tudo, desde que entrou na sala; e, como a natureza humana tem uma parte ínfima, pediu-lhes humildemente que poupassem a vida a um filósofo. Mas Herófilo, com um grande poder de dialética, disse-lhe mais ou menos isto: – Ou és um aventureiro ou o verdadeiro Stroibus; no primeiro caso, tens aqui o único meio para resgatar o crime de iludir a um príncipe esclarecido, presta te ao escalpelo; no segundo caso, não deves ignorar que a obrigação do filósofo é servir à filosofia, e que o corpo é nada em comparação com o entendimento.

Dito isto, começaram pela experiência das mãos, que produziu ótimos resultados, coligidos em livros, que se perderam com a queda dos Ptolomeus. Também as mãos de Pítias foram rasgadas e minuciosamente examinadas. Os infelizes berravam, choravam, suplicavam; mas Herófilo dizia-lhes pacificamente que a obrigação do filósofo era servir à filosofia, e que para os fins da ciência, eles valiam ainda mais que os ratos, pois era melhor concluir do homem para o homem, e não do rato para o homem. E continuou a rasgá-los fibra por fibra, durante oito dias. No terceiro dia arrancaram-lhes os olhos, para desmentir praticamente uma teoria sobre a conformação interior do órgão. Não falo da extração do estômago de ambos, por se tratar de problemas relativamente secundários, e em todo caso estudados e resolvidos em cinco ou seis indivíduos escalpelados antes deles.

Diziam os alexandrinos que os ratos celebraram esse caso aflitivo e doloroso com danças e festas, a que convidaram alguns cães, rolas, pavões e outros animais ameaçados de igual destino, e outrossim, que nenhum dos convidados aceitou o convite, por sugestão de um cachorro, que lhes disse melancolicamente: – "Século virá em que a mesma coisa nos aconteça". Ao que retorquiu um rato: "Mas até lá, riamos!".

ADÃO E EVA[1]

(*Várias histórias*, 1896)

Uma senhora de engenho, na Bahia, pelos anos de mil setecentos e tantos, tendo algumas pessoas íntimas à mesa, anunciou a um dos convivas, grande lambareiro[2], um certo doce particular. Ele quis logo saber o que era; a dona da casa chamou-lhe curioso. Não foi preciso mais; daí a pouco estavam todos discutindo a curiosidade, se era masculina ou feminina, e se a responsabilidade da perda do paraíso devia caber a Eva ou a Adão. As senhoras diziam que a Adão, os homens que a Eva, menos o juiz de fora[3], que não dizia nada, e frei Bento, carmelita, que interrogado pela dona da casa, D. Leonor:

– Eu, senhora minha, toco viola, respondeu sorrindo; e não mentia, porque era insigne na viola e na harpa, não menos que na teologia.

---

1 Este conto foi originalmente publicado na *Gazeta de Notícias*, em 1º de março de 1885, assinado por Machado de Assis.

2 Lambareiro: guloso

3 Juiz de fora: magistrado nomeado pelo rei de Portugal para atuar em locais onde era necessária a intervenção de um juiz isento e imparcial, que normalmente seria de fora.

Consultado, o juiz de fora respondeu que não havia matéria para opinião; porque as coisas no paraíso terrestre passaram-se de modo diferente do que está contado no primeiro livro do Pentateuco, que é apócrifo. Espanto geral, riso do carmelita que conhecia o juiz de fora como um dos mais piedosos sujeitos da cidade, e sabia que era também jovial e inventivo, e até amigo da pulha[4], uma vez que fosse curial[5] e delicada; nas coisas graves, era gravíssimo.

– Frei Bento, disse-lhe D. Leonor, faça calar o Sr. Veloso.

– Não o faço calar, acudiu o frade, porque sei que de sua boca há de sair tudo com boa significação.

– Mas a Escritura... ia dizendo o mestre-de-campo João Barbosa.

– Deixemos em paz a Escritura, interrompeu o carmelita. Naturalmente, o Sr. Veloso conhece outros livros...

– Conheço o autêntico, insistiu o juiz de fora, recebendo o prato de doce que D. Leonor lhe oferecia, e estou pronto a dizer o que sei, se não mandam o contrário.

– Vá lá, diga.

– Aqui está como as coisas se passaram. Em primeiro lugar, não foi Deus que criou o mundo, foi o Diabo...

– Cruz! exclamaram as senhoras.

– Não diga esse nome, pediu D. Leonor.

– Sim, parece que... ia intervindo frei Bento.

– Seja o Tinhoso. Foi o Tinhoso que criou o mundo; mas Deus, que lhe leu no pensamento, deixou-lhe as mãos livres, cuidando somente de corrigir ou atenuar a obra, a fim de que ao próprio mal não ficasse a desesperança da salvação ou do benefício. E a ação divina mostrou-se logo porque, tendo o

---

4 Pulha: gracejo.

5 Curial: conveniente, apropriada.

Tinhoso criado as trevas, Deus criou a luz, e assim se fez o primeiro dia. No segundo dia, em que foram criadas as águas, nasceram as tempestades e os furacões; mas as brisas da tarde baixaram do pensamento divino. No terceiro dia foi feita a terra, e brotaram dela os vegetais, mas só os vegetais sem fruto nem flor, os espinhosos, as ervas que matam como a cicuta[6]; Deus, porém, criou as árvores frutíferas e os vegetais que nutrem ou encantam. E tendo o Tinhoso cavado abismos e cavernas na terra, Deus fez o sol, a lua e as estrelas; tal foi a obra do quarto dia. No quinto foram criados os animais da terra, da água e do ar. Chegamos ao sexto dia, e aqui peço que redobrem de atenção.

Não era preciso pedi-lo; toda a mesa olhava para ele, curiosa.

Veloso continuou dizendo que no sexto dia foi criado o homem, e logo depois a mulher; ambos belos, mas sem alma, que o Tinhoso não podia dar, e só com ruins instintos. Deus infundiu-lhes a alma, com um sopro, e com outro os sentimentos nobres, puros e grandes. Nem parou nisso a misericórdia divina; fez brotar um jardim de delícias, e para ali os conduziu, investindo-os na posse de tudo. Um e outro caíram aos pés do Senhor, derramando lágrimas de gratidão. "Vivereis aqui", disse-lhes o Senhor, e comereis de todos os frutos, menos o desta árvore, que é a da ciência do Bem e do Mal".

Adão e Eva ouviram submissos; e, ficando sós, olharam um para o outro, admirados; não pareciam os mesmos. Eva, antes que Deus lhe infundisse os bons sentimentos, cogitava de armar um laço a Adão, e Adão tinha ímpetos de espancá-la. Agora, porém, embebiam-se na contemplação um do

---

[6] Cicuta: planta muito venenosa.

outro, ou na vista da natureza, que era esplêndida. Nunca até então viram ares tão puros, nem águas tão frescas, nem flores tão lindas e cheirosas, nem o sol tinha para nenhuma outra parte as mesmas torrentes de claridade. E dando as mãos percorreram tudo, a rir muito, nos primeiros dias, porque até então não sabiam rir. Não tinham a sensação do tempo. Não sentiam o peso da ociosidade; viviam da contemplação. De tarde iam ver morrer o sol e nascer a lua, e contar as estrelas, e raramente chegavam a mil, dava-lhes o sono e dormiam como dois anjos.

Naturalmente, o Tinhoso ficou danado quando soube do caso. Não podia ir ao paraíso, onde tudo lhe era avesso, nem chegaria a lutar com o Senhor; mas ouvindo um rumor no chão entre folhas secas, olhou e viu que era a serpente. Chamou-a alvoroçado.

– Vem cá, serpe, fel rasteiro, peçonha das peçonhas, queres tu ser a embaixatriz de teu pai, para reaver as obras de teu pai?

A serpente fez com a cauda um gesto vago, que parecia afirmativo; mas o Tinhoso deu-lhe a fala, e ela respondeu que sim, que iria onde ele a mandasse, – às estrelas, se lhe desse as asas da águia – ao mar, se lhe confiasse o segredo de respirar na água – ao fundo da terra, se lhe ensinasse o talento da formiga. E falava a maligna, falava à toa, sem parar, contente e pródiga da língua; mas o diabo interrompeu-a:

– Nada disso, nem ao ar, nem ao mar, nem à terra, mas tão somente ao jardim de delícias, onde estão vivendo Adão e Eva.

– Adão e Eva?

– Sim, Adão e Eva.

– Duas belas criaturas que vimos andar há tempos, altas e direitas como palmeiras?

– Justamente.

– Oh! detesto-os. Adão e Eva? Não, não, manda-me a outro lugar. Detesto-os! Só a vista deles faz-me padecer muito. Não hás de querer que lhes faça mal...

– É justamente para isso.

– Deveras? Então vou; farei tudo o que quiseres, meu senhor e pai. Anda, dize depressa o que queres que faça. Que morda o calcanhar de Eva? Morderei...

– Não, interrompeu o Tinhoso. Quero justamente o contrário. Há no jardim uma árvore, que é a da ciência do Bem e do Mal; eles não devem tocar nela, nem comer-lhe os frutos. Vai, entra, enrosca-te na árvore, e quando um deles ali passar, chama-o de mansinho, tira uma fruta e oferece-lhe, dizendo que é a mais saborosa fruta do mundo; se te responder que não, tu insistirás, dizendo que é bastante comê-la para conhecer o próprio segredo da vida. Vai, vai...

– Vou; mas não falarei a Adão, falarei a Eva. Vou, vou. Que é o próprio segredo da vida, não?

– Sim, o próprio segredo da vida. Vai, serpe das minhas entranhas, flor do mal, e se te saíres bem, juro que terás a melhor parte na criação, que é a parte humana, porque terás muito calcanhar de Eva que morder, muito sangue de Adão em que deitar o vírus do mal... Vai, vai, não te esqueças...

Esquecer? Já levava tudo de cor. Foi, penetrou no paraíso, rastejou até a árvore do Bem e do Mal, enroscou-se e esperou. Eva apareceu daí a pouco, caminhando sozinha, esbelta, com a segurança de uma rainha que sabe que ninguém lhe arrancará a coroa. A serpente, mordida de inveja, ia chamar a peçonha à língua, mas advertiu que estava ali às ordens do Tinhoso, e, com a voz de mel, chamou-a. Eva estremeceu.

– Quem me chama?

– Sou eu, estou comendo desta fruta...

– Desgraçada, é a árvore do Bem e do Mal! – Justamente. Conheço agora tudo, a origem das coisas e o enigma da vida. Anda, come e terás um grande poder na terra.

– Não, pérfida!

– Néscia! Para que recusas o resplendor dos tempos? Escuta-me, faze o que te digo, e serás legião, fundarás cidades, e chamar-te-ás Cleópatra[7], Dido[8], Semíramis[9]; darás heróis do teu ventre, e serás Cornélia[10]; ouvirás a voz do céu, e serás Débora[11]; cantarás e serás Safo[12]. E um dia, se Deus quiser descer à terra, escolherá as tuas entranhas, e chamar-te-ás Maria de Nazaré[13]. Que mais queres tu? Realeza, poesia, divindade, tudo trocas por uma estulta obediência. Nem será só isso. Toda a natureza te fará bela e mais bela. Cores das folhas verdes, cores do céu azul, vivas ou pálidas, cores da noite, hão de refletir nos teus olhos. A mesma noite, de porfia[14] com o sol, virá brincar nos teus cabelos. Os filhos do teu seio tecerão para ti as melhores vestiduras, comporão os

---

7 Cleópatra (69 a.C.-30 a.C.): de cultura grega, embora nascida na Alexandria, foi rainha do Egito e reconhecida como uma das mulheres mais importantes da Antiguidade. Era dotada de forte personalidade e boa habilidade política.

8 Dido (mit.): Elissa de Tiro, conhecida por Dido, foi, segundo a lenda, a primeira rainha de Cartago. Manteve um romance com Eneias, guerreiro imortalizado na Guerra de Troia, suicidando-se ao ser abandonada por ele.

9 Semíramis: lendária rainha da Assíria e fundadora da Babilônia.

10 Cornélia: célebre dama romana, filha de Cipião, o africano, e mulher de Tibério Graco, viveu no século II a.C. É a mãe de Tibério e Caio Graco.

11 Débora (Bibl.- Juízes 4 e 5): juíza e profetisa, liderou os israelitas contra o domínio de Canaã, por volta do século XII a.C.

12 Safo: célebre poetisa grega nascida na Ilha de Lesbos, escreveu poesias para serem cantandas ao som da lira. Apenas fragmentos do que escreveu chegaram aos dias de hoje.

13 Maria de Nazaré: também chamada de Virgem Maria pelos católicos e ortodoxos, nasceu em Nazaré nos finais do séc.I. É identificada como a mãe de Jesus por ação do Espírito Santo.

14 Porfia: disputa.

mais finos aromas, e as aves te darão as suas plumas, e a terra as suas flores, tudo, tudo, tudo...

Eva escutava impassível; Adão chegou, ouviu-os e confirmou a resposta de Eva; nada valia a perda do paraíso, nem a ciência, nem o poder, nenhuma outra ilusão da terra. Dizendo isto, deram as mãos um ao outro, e deixaram a serpente, que saiu pressurosa para dar conta ao Tinhoso...

Deus, que ouvira tudo, disse a Gabriel[15]:

– Vai, arcanjo meu, desce ao paraíso terrestre, onde vivem Adão e Eva, e traze-os para a eterna bem-aventurança, que mereceram pela repulsa às instigações do Tinhoso.

E logo o arcanjo, pondo na cabeça o elmo de diamante, que rutila como um milhar de sóis, rasgou instantaneamente os ares, chegou a Adão e Eva, e disse-lhes:

– Salve, Adão e Eva. Vinde comigo para o paraíso, que merecestes pela repulsa às instigações do Tinhoso.

Um e outro atônitos e confusos, curvaram o colo em sinal de obediência; então Gabriel deu as mãos a ambos, e os três subiram até à estância eterna, onde miríades de anjos os esperavam, cantando:

– Entrai, entrai. A terra que deixastes fica entregue às obras do Tinhoso, aos animais ferozes e maléficos, às plantas daninhas e peçonhentas, ao ar impuro, à vida dos pântanos. Reinará nela a serpente que rasteja, babuja e morde, nenhuma criatura igual a vós porá entre tanta abominação a nota da esperança e da piedade.

E foi assim que Adão e Eva entraram no céu, ao som de todas as cítaras, que uniam as suas notas em um hino aos dois egressos da criação...

---

[15] Gabriel: arcanjo tido como o mensageiro de Deus.

...Tendo acabado de falar, o juiz de fora estendeu o prato a D. Leonor para que lhe desse mais doce, enquanto os outros convivas olhavam uns para os outros, embasbacados; em vez de explicação, ouviam uma narração enigmática, ou, pelo menos, sem sentido aparente. D. Leonor foi a primeira que falou:

– Bem dizia eu que o Sr. Veloso estava logrando a gente. Não foi isso que lhe pedimos, nem nada disso aconteceu, não é, frei Bento?

– Lá o saberá o Sr. Juiz, respondeu o carmelita sorrindo. E o juiz de fora, levando à boca uma colher de doce:

– Pensando bem, creio que nada disso aconteceu; mas também, D. Leonor, se tivesse acontecido, não estaríamos aqui saboreando este doce, que está, na verdade, uma coisa primorosa. É ainda aquela sua antiga doceira de Itapagipe[16]?

[16] Itapagipe: bairro à beira-mar na cidade de Salvador, capital do estado da Bahia.

IDEIAS DE CANÁRIO[1]

(*Páginas recolhidas*, 1899)

Um homem dado a estudos de ornitologia, por nome Macedo, referiu a alguns amigos um caso tão extraordinário que ninguém lhe deu crédito. Alguns chegam a supor que Macedo virou o juízo. Eis aqui o resumo da narração.

No princípio do mês passado, – disse ele, – indo por uma rua, sucedeu que um tílburi[2] à disparada, quase me atirou ao chão. Escapei saltando para dentro de uma loja de belchior[3]. Nem o estrépito do cavalo e do veículo, nem a minha entrada fez levantar o dono do negócio, que cochilava ao fundo, sentado numa cadeira de abrir. Era um frangalho de homem, barba cor de palha suja, a cabeça enfiada em um gorro esfarrapado, que provavelmente não achara comprador. Não se adivinhava nele nenhuma história, como podiam ter alguns dos objetos que vendia, nem se lhe sentia a tristeza austera e desenganada das vidas que foram vidas.

---

1 Este conto foi originalmente publicado na *Gazeta de Notícias*, em 15 de janeiro de 1895, assinado por Machado de Assis.

2 Tílburi: veículo de duas rodas e dois assentos, com capota e sem boleia, puxado por um só animal.

3 Loja de belchior: lugar onde se vendem objetos usados.

A loja era escura, atulhada das coisas velhas, tortas, rotas, enxovalhadas, enferrujadas que de ordinário se acham em tais casas, tudo naquela meia desordem própria do negócio. Essa mistura, posto que banal, era interessante. Panelas sem tampa, tampas sem panela, botões, sapatos, fechaduras, uma saia preta, chapéus de palha e de pelo, caixilhos, binóculos, meias casacas, um florete, um cão empalhado, um par de chinelas, luvas, vasos sem nome, dragonas[4], uma bolsa de veludo, dois cabides, um bodoque, um termômetro, cadeiras, um retrato litografado[5] pelo finado Sisson[6], um gamão[7], duas máscaras de arame para o carnaval que há de vir, tudo isso e o mais que não vi ou não me ficou de memória, enchia a loja nas imediações da porta, encostado, pendurado ou exposto em caixas de vidro, igualmente velhas. Lá para dentro, havia outras coisas mais e muitas, e do mesmo aspecto, dominando os objetos grandes, cômodas, cadeiras, camas, uns por cima dos outros, perdidos na escuridão.

Ia a sair, quando vi uma gaiola pendurada da porta. Tão velha como o resto, para ter o mesmo aspecto da desolação geral, faltava-lhe estar vazia. Não estava vazia. Dentro pulava um canário. A cor, a animação e a graça do passarinho davam àquele amontoado de destroços uma nota de vida e de mocidade. Era o último passageiro de algum naufrágio,

---

4 Dragonas: peças de metal ou palas que os militares usam no ombro, indicativas de sua patente.

5 Litografado: reproduzido por meio de prensa com tinta graxenta sobre uma placa metálica.

6 Sisson, Sébastien Auguste (1824-1898): artista francês radicado no Brasil, trabalhou como litógrafo e caricaturista no Rio de Janeiro. Foi um dos primeiros litógrafos aqui, onde chegou em 1852. Teve a permissão de D. Pedro II para colocar uma placa com as armas imperiais e a legenda “Litógrafo e desenhador da Casa Imperial” no prédio na Rua do Senado, onde ficava o seu ateliê.

7 Gamão: tabuleiro no qual se joga o gamão, jogo de dados.

que ali foi parar íntegro e alegre como dantes. Logo que olhei para ele, entrou a saltar mais abaixo e acima, de poleiro em poleiro, como se quisesse dizer que no meio daquele cemitério brincava um raio de sol. Não atribuo essa imagem ao canário, senão porque falo a gente retórica; em verdade, ele não pensou em cemitério nem sol, segundo me disse depois. Eu, de envolta com o prazer que me trouxe aquela vista, senti-me indignado do destino do pássaro, e murmurei baixinho palavras de azedume.

– Quem seria o dono execrável deste bichinho, que teve ânimo de se desfazer dele por alguns pares de níqueis? Ou que mão indiferente, não querendo guardar esse companheiro de dono defunto, o deu de graça a algum pequeno, que o vendeu para ir jogar uma quiniela[8]?

E o contrário, quedando-se em cima do poleiro, trilou isto:

– Quem quer que sejas tu, certamente não estás em teu juízo. Não tive dono execrável, nem fui dado a nenhum menino que me vendesse. São imaginações de pessoa doente; vai-te curar, amigo...

– Como – interrompi eu, sem ter tempo de ficar espantado. Então o teu dono não te vendeu a esta casa? Não foi a miséria ou a ociosidade que te trouxe a este cemitério, como um raio de sol?

– Não sei que seja sol nem cemitério. Se os canários que tens visto usam do primeiro desses nomes, tanto melhor, porque é bonito, mas estou que confundes.

– Perdão, mas tu não vieste para aqui à toa, sem ninguém, salvo se o teu dono foi sempre aquele homem que ali está sentado.

---

[8] Quiniela (esp.): espécie de loteria esportiva, usada para futebol e corridas de cavalo.

– Que dono? Esse homem que aí está é meu criado, dá-me água e comida todos os dias, com tal regularidade que eu, se devesse pagar-lhe os serviços, não seria com pouco; mas os canários não pagam criados. Em verdade, se o mundo é propriedade dos canários, seria extravagante que eles pagassem o que está no mundo.

Pasmado das respostas, não sabia que mais admirar, se a linguagem, se as ideias. A linguagem posto me entrasse pelo ouvido como de gente, saía do bicho em trilos engraçados. Olhei em volta de mim, para verificar se estava acordado; a rua era a mesma, a loja era a mesma loja escura, triste e úmida. O canário, movendo a um lado e outro, esperava que eu lhe falasse. Perguntei-lhe então se tinha saudades do espaço azul e infinito...

– Mas, caro homem, trilou o canário, que quer dizer espaço azul e infinito?

– Mas, perdão, que pensas deste mundo? Que coisa é o mundo?

– O mundo, redarguiu o canário com certo ar de professor, o mundo é uma loja de belchior, com uma pequena gaiola de taquara, quadrilonga, pendente de um prego; o canário é senhor da gaiola que habita e da loja que o cerca. Fora daí, tudo é ilusão e mentira.

Nisto acordou o velho, e veio a mim arrastando os pés. Perguntou-me se queria comprar o canário. Indaguei se o adquirira, como o resto dos objetos que vendia, e soube que sim, que o comprara a um barbeiro, acompanhado de uma coleção de navalhas.

– As navalhas estão em muito bom uso, concluiu ele.

– Quero só o canário.

Paguei-lhe o preço, mandei comprar uma gaiola vasta, circular, de madeira e arame, pintada de branco, e ordenei que a pusessem na varanda da minha casa, donde o passarinho podia ver o jardim, o repuxo e um pouco do céu azul.

Era meu intuito fazer um longo estudo do fenômeno, sem dizer nada a ninguém, até poder assombrar o século com a minha extraordinária descoberta. Comecei por alfabetar[9] a língua do canário, por estudar-lhe a estrutura, as relações com a música, os sentimentos estéticos do bicho, as suas ideias e reminiscências. Feita essa análise filológica e psicológica, entrei propriamente na história dos canários, na origem deles, primeiros séculos, geologia e flora das Ilhas Canárias, se ele tinha conhecimento da navegação, etc. Conversávamos longas horas, eu escrevendo as notas, ele esperando, saltando, trilando.

Não tendo mais família que dois criados, ordenava-lhes que não me interrompessem, ainda por motivo de alguma carta ou telegrama urgente, ou visita de importância. Sabendo ambos das minhas ocupações científicas, acharam natural a ordem, e não suspeitaram que o canário e eu nos entendíamos.

Não é mister dizer que dormia pouco, acordava duas e três vezes por noite, passeava à toa, sentia-me com febre. Afinal tornava ao trabalho, para reler, acrescentar, emendar. Retifiquei mais de uma observação, – ou por havê-la entendido mal, ou porque ele não a tivesse expresso claramente. A definição do mundo foi uma delas. Três semanas depois da entrada do canário em minha casa, pedi-lhe que me repetisse a definição do mundo.

– O mundo, respondeu ele, é um jardim assaz largo com repuxo no meio, flores e arbustos, alguma grama, ar claro e um pouco de azul por cima; o canário, dono do mundo,

---

9 Alfabetar: colocar em ordem alfabética.

habita uma gaiola vasta, branca e circular, donde mira o resto. Tudo o mais é ilusão e mentira.

Também a linguagem sofreu algumas retificações, e certas conclusões, que me tinham parecido simples, vi que eram temerárias. Não podia ainda escrever a memória que havia de mandar ao Museu Nacional, ao Instituto Histórico e às universidades alemãs, não porque faltasse matéria, mas para acumular primeiro todas as observações e ratificá-las. Nos últimos dias, não saía de casa, não respondia a cartas, não quis saber de amigos nem parentes. Todo eu era canário. De manhã, um dos criados tinha a seu cargo limpar a gaiola e pôr-lhe água e comida. O passarinho não lhe dizia nada, como se soubesse que a esse homem faltava qualquer preparo científico. Também o serviço era o mais sumário do mundo; o criado não era amador de pássaros.

Um sábado amanheci enfermo, a cabeça e a espinha doíam-me. O médico ordenou absoluto repouso; era excesso de estudo, não devia ler nem pensar, não devia saber sequer o que se passava na cidade e no mundo. Assim fiquei cinco dias; no sexto levantei-me, e só então soube que o canário, estando o criado a tratar dele, fugira da gaiola. O meu primeiro gesto foi para esganar o criado; a indignação sufocou-me, caí na cadeira, sem voz, tonto. O culpado defendeu-se, jurou que tivera cuidado, o passarinho é que fugira por astuto...

– Mas não o procuraram?

– Procuramos, sim, senhor; a princípio trepou ao telhado, trepei também, ele fugiu, foi para uma árvore, depois escondeu-se não sei onde. Tenho indagado desde ontem, perguntei aos vizinhos, aos chacareiros, ninguém sabe nada.

Padeci muito; felizmente, a fadiga estava passada, e com algumas horas pude sair à varanda e ao jardim. Nem sombra de canário. Indaguei, corri, anunciei, e nada. Tinha já recolhido as notas para compor a memória[10], ainda que truncada e incompleta, quando me sucedeu visitar um amigo, que ocupa uma das mais belas e grandes chácaras dos arrabaldes. Passeávamos nela antes de jantar, quando ouvi trilar esta pergunta:

– Viva, Sr. Macedo, por onde tem andado que desapareceu?

Era o canário; estava no galho de uma árvore. Imaginem como fiquei, e o que lhe disse. O meu amigo cuidou que eu estivesse doido; mas que me importavam cuidados de amigos? Falei ao canário com ternura, pedi-lhe que viesse continuar a conversação, naquele nosso mundo composto de um jardim e repuxo, varanda e gaiola branca e circular...

– Que jardim? que repuxo?

– O mundo, meu querido.

– Que mundo? Tu não perdes os maus costumes de professor. O mundo, concluiu solenemente, é um espaço infinito e azul, com o sol por cima.

Indignado, retorqui-lhe que, se eu lhe desse crédito, o mundo era tudo; até já fora uma loja de belchior...

– De belchior? trilou ele às bandeiras despregadas[11]. Mas há mesmo lojas de belchior?

---

[10] Memória: aqui empregado no sentido, hoje pouco usual, de dissertação sobre um assunto ou uma matéria de ciência, de erudição.

[11] Às bandeiras despregadas: a expressão usual é "rir às bandeiras despregadas", ou seja, rir com muita vontade e prolongadamente, que o narrador modifica aqui para "trilar às bandeiras despregadas", com visível efeito cômico.

O ESPELHO[1]

Esboço de uma nova teoria da alma humana

(*Papéis avulsos*, 1882)

Quatro ou cinco cavalheiros debatiam, uma noite, várias questões de alta transcendência, sem que a disparidade dos votos trouxesse a menor alteração aos espíritos. A casa ficava no Morro de Santa Teresa, a sala era pequena, alumiada a velas, cuja luz fundia-se misteriosamente com o luar que vinha de fora. Entre a cidade, com as suas agitações e aventuras, e o céu, em que as estrelas pestanejavam, através de uma atmosfera límpida e sossegada, estavam os nossos quatro ou cinco investigadores de coisas metafísicas, resolvendo amigavelmente os mais árduos problemas do universo.

Por que quatro ou cinco? Rigorosamente eram quatro os que falavam; mas, além deles, havia na sala um quinto personagem, calado, pensando, cochilando, cuja espórtula[2] no debate não passava de um ou outro resmungo de aprovação. Esse homem tinha a mesma idade dos companheiros, entre quarenta e cinquenta anos, era provinciano, capitalista, inteligente, não sem instrução, e, ao que parece, astuto e

---

[1] Este conto foi publicado pela primeira vez na *Gazeta de Notícias*, em 8 de setembro de 1882, assinado por Machado de Assis.

[2] Espórtula: auxílio, contribuição.

cáustico. Não discutia nunca; e defendia-se da abstenção com um paradoxo[3], dizendo que a discussão é a forma polida do instinto batalhador, que jaz no homem, como uma herança bestial; e acrescentava que os serafins e os querubins[4] não controvertiam nada, e, aliás, eram a perfeição espiritual e eterna. Como desse esta mesma resposta naquela noite, contestou-lha um dos presentes, e desafiou-o a demonstrar o que dizia, se era capaz. Jacobina (assim se chamava ele) refletiu um instante, e respondeu:

– Pensando bem, talvez o senhor tenha razão.

Vai senão quando, no meio da noite, sucedeu que este casmurro usou da palavra, e não dois ou três minutos, mas trinta ou quarenta. A conversa, em seus meandros, veio a cair na natureza da alma, ponto que dividiu radicalmente os quatro amigos. Cada cabeça, cada sentença; não só o acordo, mas a mesma discussão, tornou-se difícil, senão impossível, pela multiplicidade das questões que se deduziram do tronco principal, e um pouco, talvez, pela inconsistência dos pareceres. Um dos argumentadores pediu ao Jacobina alguma opinião, – uma conjetura[5], ao menos.

– Nem conjetura, nem opinião, redarguiu ele; uma ou outra pode dar lugar a dissentimento, e, como sabem, eu não discuto. Mas, se querem ouvir-me calados, posso contar-lhes um caso de minha vida, em que ressalta a mais clara demonstração acerca da matéria de que se trata. Em primeiro lugar, não há uma só alma, há duas...

– Duas?

---

3 Paradoxo: proposição com aparentes contradições.

4 Serafins e querubins: anjos pertencentes à primeira hierarquia, responsáveis pela vigilância e adoração.

5 Conjetura, ou conjectura: suposição.

– Nada menos de duas almas. Cada criatura humana traz duas almas consigo: uma que olha de dentro para fora, outra que olha de fora para dentro... Espantem-se à vontade; podem ficar de boca aberta, dar de ombros, tudo; não admito réplica. Se me replicarem, acabo o charuto e vou dormir. A alma exterior pode ser um espírito, um fluido, um homem, muitos homens, um objeto, uma operação. Há casos, por exemplo, em que um simples botão de camisa é a alma exterior de uma pessoa; – e assim também a polca, o voltarete[6], um livro, uma máquina, um par de botas, uma cavatina[7], um tambor, etc. Está claro que o ofício dessa segunda alma é transmitir a vida, como a primeira: as duas completam o homem, que é, metafisicamente falando, uma laranja. Quem perde uma das metades, perde naturalmente metade da existência; e casos há, não raros, em que a perda da alma exterior implica a da existência inteira. Shylock[8], por exemplo. A alma exterior daquele judeu eram os seus ducados[9]; perdê-los equivalia a morrer. "Nunca mais verei o meu ouro", diz ele a Tubal; "*é um punhal que me enterras no coração*". Vejam bem esta frase; a perda dos ducados, alma exterior, era a morte para ele. Agora, é preciso saber que a alma exterior não é sempre a mesma...

– Não?

– Não, senhor; muda de natureza e de estado. Não aludo a certas almas absorventes, como a pátria, com a qual disse o Camões[10] que morria, e o poder, que foi a alma exterior

---

6 Voltarete: antigo jogo com baralho.

7 Cavatina (mús.): pequena ária para solista.

8 Shylock: personagem da peça teatral *O mercador de Veneza*, de William Shakespeare, é um judeu que empresta dinheiro a juros.

9 Ducados: moedas de ouro ou prata.

10 Camões: poeta do Renascimento português (1524/25-1580), autor da poesia épica *Os Lusíadas*, que conta os feitos heroicos da nação portuguesa. Luiz Vaz de Camões escreveu, já em seu leito de morte, uma missiva ao amigo D.

de César[11] e de Cromwell[12]. São almas enérgicas e exclusivas; mas há outras, embora enérgicas, de natureza mudável. Há cavalheiros, por exemplo, cuja alma exterior, nos primeiros anos, foi um chocalho ou um cavalinho de pau, e mais tarde uma provedoria de irmandade, suponhamos. Pela minha parte, conheço uma senhora, – na verdade, gentilíssima, – que muda de alma exterior cinco, seis vezes por ano. Durante a estação lírica é a ópera; cessando a estação, a alma exterior substitui-se por outra: um concerto, um baile do Cassino, a Rua do Ouvidor, Petrópolis...

– Perdão; essa senhora quem é?

– Essa senhora é parenta do diabo, e tem o mesmo nome: chama-se Legião[13]... E assim outros muitos casos. Eu mesmo tenho experimentado dessas trocas. Não as relato, porque iria longe; restrinjo-me ao episódio de que lhes falei. Um episódio dos meus vinte e cinco anos...

Os quatro companheiros, ansiosos de ouvir o caso prometido, esqueceram a controvérsia. Santa curiosidade! tu não

---

Francisco de Almeida, dizendo o seguinte: "*Enfim, acabarei a vida e verão todos que fui tão afeiçoado à minha pátria que não só me contentei de morrer nela, mas com ela*". Referia-se à sua morte e à de Portugal, porque com a morte de D. Sebastião, findava a dinastia de Avis, reponsável pela expansão do império português.

11 César, Caio Júlio (100 a.C.-44 a.C.): político e grande líder militar romano, conquistou inúmeros territórios, inclusive a Gália (França) e o Reno (Alemanha), expandindo as fronteiras do império romano.

12 Cromwell, Oliver (1599-1658): militar e ditador, liderou a Revolução Puritana na Inglaterra e substituiu a monarquia por uma república. Governou como ditador com o título de Lorde Protetor do Estado Unificado (Inglaterra, Escócia e Irlanda).

13 Legião: referência ao episódio bíblico (*Marcos* 5: 9), segundo o qual um homem possuído pelo demônio, quando Jesus lhe pergunta o nome, responde: "O meu nome é Legião, porque somos muitos.".

és só a alma da civilização, és também o pomo da concórdia[14], fruta divina, de outro sabor que não aquele pomo da mitologia. A sala, até há pouco ruidosa de física e metafísica, é agora um mar morto; todos os olhos estão no Jacobina, que concerta a ponta do charuto, recolhendo as memórias. Eis aqui como ele começou a narração:

– Tinha vinte e cinco anos, era pobre, e acabava de ser nomeado alferes da guarda nacional. Não imaginam o acontecimento que isto foi em nossa casa. Minha mãe ficou tão orgulhosa! Tão contente! Chamava-me o seu alferes. Primos e tios, foi tudo uma alegria sincera e pura. Na vila, note-se bem, houve alguns despeitados; choro e ranger de dentes, como na Escritura; e o motivo não foi outro senão que o posto tinha muitos candidatos e que esses perderam. Suponho também que uma parte do desgosto foi inteiramente gratuita: nasceu da simples distinção. Lembra-me de alguns rapazes, que se davam comigo, e passaram a olhar-me de revés, durante algum tempo. Em compensação, tive muitas pessoas que ficaram satisfeitas com a nomeação; e a prova é que todo o fardamento me foi dado por amigos... Vai então uma das minhas tias, D. Marcolina, viúva do capitão Peçanha, que morava a muitas léguas da vila, num sítio escuso e solitário, desejou ver-me, e pediu que fosse ter com ela e levasse a farda. Fui, acompanhado de um pajem, que daí a dias tornou à vila, porque a tia Marcolina, apenas me pilhou no sítio, escreveu a minha mãe dizendo que não me soltava

---

[14] Pomo da concórdia: referência ao Pomo da Discórdia (mit.), algo que provoca a discórdia entre as pessoas. Segundo a mitologia, Éris, a deusa da discórdia, não tendo sido convidada para o casamento de Peleu e Tétis, faz chegar aos convidados uma maçã de ouro com a inscrição "Para a mais bela". Foi o suficiente para semear o conflito entre as deusas mais poderosas, Hera, Afrodite e Atena.

antes de um mês, pelo menos. E abraçava-me! Chamava-me também o seu alferes. Achava-me um rapagão bonito. Como era um tanto patusca, chegou a confessar que tinha inveja da moça que houvesse de ser minha mulher. Jurava que em toda a província não havia outro que me pusesse o pé adiante. E sempre alferes; era alferes para cá, alferes para lá, alferes a toda a hora. Eu pedia-lhe que me chamasse Joãozinho, como dantes; e ela abanava a cabeça, bradando que não, que era o "senhor alferes". Um cunhado dela, irmão do finado Peçanha, que ali morava, não me chamava de outra maneira. Era o "senhor alferes", não por gracejo, mas a sério, e à vista dos escravos, que naturalmente foram pelo mesmo caminho. Na mesa tinha eu o melhor lugar, e era o primeiro servido. Não imaginam. Se lhes disser que o entusiasmo da tia Marcolina chegou ao ponto de mandar pôr no meu quarto um grande espelho, obra rica e magnífica, que destoava do resto da casa, cuja mobília era modesta e simples... Era um espelho que lhe dera a madrinha, e que esta herdara da mãe, que o comprara a uma das fidalgas vindas em 1808 com a corte de D. João VI. Não sei o que havia nisso de verdade; era a tradição. O espelho estava naturalmente muito velho; mas via-se-lhe ainda o ouro, comido em parte pelo tempo, uns delfins esculpidos nos ângulos superiores da moldura, uns enfeites de madrepérola e outros caprichos do artista. Tudo velho, mas bom...

– Espelho grande?

– Grande. E foi, como digo, uma enorme fineza, porque o espelho estava na sala; era a melhor peça da casa. Mas não houve forças que a demovessem do propósito; respondia que não fazia falta, que era só por algumas semanas, e finalmente que o "senhor alferes" merecia muito mais. O certo é que todas essas coisas, carinhos, atenções, obséquios, fizeram em mim uma transformação, que o natural sentimento da mocidade ajudou e completou. Imaginam, creio eu?

– Não.

– O alferes eliminou o homem. Durante alguns dias as duas naturezas equilibraram-se; mas não tardou que a primitiva cedesse à outra; ficou-me uma parte mínima de humanidade. Aconteceu então que a alma exterior, que era dantes o sol, o ar, o campo, os olhos das moças, mudou de natureza, e passou a ser a cortesia e os rapapés da casa, tudo o que me falava do posto, nada do que me falava do homem. A única parte do cidadão que ficou comigo foi aquela que entendia com o exercício da patente; a outra dispersou-se no ar e no passado. Custa-lhes acreditar, não?

– Custa-me até entender, respondeu um dos ouvintes.

– Vai entender. Os fatos explicarão melhor os sentimentos: os fatos são tudo. A melhor definição do amor não vale um beijo de moça namorada; e, se bem me lembro, um filósofo antigo[15] demonstrou o movimento andando. Vamos aos fatos. Vamos ver como, ao tempo em que a consciência do homem se obliterava[16], a do alferes tornava-se viva e intensa. As dores humanas, as alegrias humanas, se eram só isso, mal obtinham de mim uma compaixão apática ou um sorriso de favor. No fim de três semanas, era outro, totalmente outro. Era exclusivamente alferes. Ora, um dia recebeu a tia Marcolina uma notícia grave; uma de suas filhas, casada com um lavrador residente dali a cinco léguas, estava mal e à morte. Adeus, sobrinho! Adeus, alferes! Era mãe extremosa, armou logo uma viagem, pediu ao cunhado que fosse com ela, e a mim

---

15 Filósofo antigo: referência ao filósofo grego Diógenes (412 a.C.-323 a.C.) , também conhecido como O Cínico, que, segundo a lenda, teria afirmado, andando de um lado para o outro, que o ser era imóvel.

16 Obliterava: apagava.

que tomasse conta do sítio. Creio que, se não fosse a aflição, disporia o contrário; deixaria o cunhado, e iria comigo. Mas o certo é que fiquei só, com os poucos escravos da casa. Confesso-lhes que desde logo senti uma grande opressão, alguma coisa semelhante ao efeito de quatro paredes de um cárcere, subitamente levantadas em torno de mim. Era a alma exterior que se reduzia; estava agora limitada a alguns espíritos boçais. O alferes continuava a dominar em mim, embora a vida fosse menos intensa, e a consciência mais débil. Os escravos punham uma nota de humildade nas suas cortesias, que de certa maneira compensava a afeição dos parentes e a intimidade doméstica interrompida. Notei mesmo, naquela noite, que eles redobravam de respeito, de alegria, de protestos. Nhô alferes de minuto a minuto. Nhô alferes é muito bonito; nhô alferes há de ser coronel; nhô alferes há de casar com moça bonita, filha de general; um concerto de louvores e profecias, que me deixou extático. Ah! Pérfidos! Mal podia eu suspeitar a intenção secreta dos malvados.

– Matá-lo?

– Antes assim fosse.

– Coisa pior?

– Ouçam-me. Na manhã seguinte achei-me só. Os velhacos, seduzidos por outros, ou de movimento próprio, tinham resolvido fugir durante a noite; e assim fizeram. Achei-me só, sem mais ninguém, entre quatro paredes, diante do terreiro deserto e da roça abandonada. Nenhum fôlego humano. Corri a casa toda, a senzala, tudo, nada, ninguém, um molequinho que fosse. Galos e galinhas tão somente, um par de mulas, que filosofavam a vida, sacudindo as moscas, e três bois. Os mesmos cães foram levados pelos escravos. Nenhum ente humano. Parece-lhes que isto era melhor do que ter morrido? era pior. Não por medo; juro-lhes que não tinha medo; era um pouco atrevidinho, tanto que não senti nada, durante as primeiras horas. Fiquei triste por causa do dano causado à tia Marcolina; fiquei também um pouco perplexo, não sabendo se devia ir ter com ela, para lhe dar a triste notícia, ou ficar tomando conta da casa. Adotei o segundo alvitre, para não desamparar a casa, e porque, se a minha prima enferma estava mal, eu ia somente aumentar a dor da mãe, sem remédio nenhum; finalmente, esperei que o irmão do tio Peçanha voltasse naquele dia ou no outro, visto que tinha saído havia já trinta e seis horas. Mas a manhã passou sem vestígio dele; e à tarde comecei a sentir a sensação como de pessoa que houvesse perdido toda a ação nervosa, e não tivesse consciência da ação muscular. O irmão do tio Peçanha não voltou nesse dia, nem no outro, nem em toda aquela semana. Minha solidão tomou proporções enormes. Nunca os dias foram mais compridos, nunca o sol abrasou a terra com uma obstinação mais cansativa. As horas batiam de século a século, no velho relógio da sala, cuja pêndula, tic-tac, tic-tac, feria-me a alma interior, como um piparote contínuo da eternidade. Quando, muitos anos depois, li uma poesia americana, creio que de Longfellow[17], e topei com este famoso estribilho: *Never, for ever*! – *For ever, never*[18]! confesso-lhes que tive um calafrio: recordei-me daqueles dias medonhos. Era justamente assim que fazia o relógio da tia Marcolina: – *Never, for ever*!– *For ever, never*! Não eram golpes de pêndula, era um diálogo do abismo, um cochicho do nada. E então de

---

17 Longfellow, Henry Wadsworth (1807-1882): poeta e tradutor estadunidense do Romantismo, bastante popular na época, foi amigo de D. Pedro II. Sua poesia assentava sobre os valores estadunidenses.

18 *Never, for ever! – For ever, never!* – esses versos pertencem a "The old clock on the stairs" [O velho relógio nas escadas], embora estejam invertidos: *For ever, never!/Never, for ever!*, do livro *The belfry of Bruges and other poems* (1845), de Longfellow.

noite! Não que a noite fosse mais silenciosa. O silêncio era o mesmo que de dia. Mas a noite era a sombra, era a solidão ainda mais estreita ou mais larga. *Tic-tac, tic-tac*. Ninguém nas salas, na varanda, nos corredores, no terreiro, ninguém em parte nenhuma... Riem-se?

– Sim, parece que tinha um pouco de medo.

– Oh! Fora bom se eu pudesse ter medo! Viveria. Mas o característico daquela situação é que eu nem sequer podia ter medo, isto é, o medo vulgarmente entendido. Tinha uma sensação inexplicável. Era como um defunto andando, um sonâmbulo, um boneco mecânico. Dormindo, era outra coisa. O sono dava-me alívio, não pela razão comum de ser irmão da morte, mas por outra. Acho que posso explicar assim esse fenômeno: – o sono, eliminando a necessidade de uma alma exterior, deixava atuar a alma interior. Nos sonhos, fardava-me, orgulhosamente, no meio da família e dos amigos, que me elogiavam o garbo, que me chamavam alferes; vinha um amigo de nossa casa, e prometia-me o posto de tenente, outro o de capitão ou major; e tudo isso fazia-me viver. Mas quando acordava, dia claro, esvaía-se com o sono a consciência do meu ser novo e único – porque a alma interior perdia a ação exclusiva, e ficava dependente da outra, que teimava em não tornar... Não tornava. Eu saía fora, a um lado e outro, a ver se descobria algum sinal de regresso. *Soeur Anne, soeur Anne, ne vois-tu rien venir?* [19] Nada, coisa nenhuma; tal qual como na lenda francesa. Nada mais do que a poeira da es-

---

[19] *Soeur Anne, soeur Anne, ne vois-tu rien venir?* (Irmã Ana, irmã Ana, vem vindo alguém?): esta passagem está no conto "Barba Azul", de Charles Perrault (1628-1703), na coletânea intitulada *Contos do tempo passado* (ou *Contos da Mamãe Gansa*), publicada em 1697. Ameaçada de morte pelo marido Barba Azul, a heroína pergunta à irmã se vê alguém vindo em seu socorro, ao que a irmã responde negativamente.

trada e o capinzal dos morros. Voltava para casa, nervoso, desesperado, estirava-me no canapé da sala. *Tic-tac, tic-tac.* Levantava-me, passeava, tamborilava nos vidros das janelas, assobiava. Em certa ocasião lembrei-me de escrever alguma coisa, um artigo político, um romance, uma ode; não escolhi nada definitivamente; sentei-me e tracei no papel algumas palavras e frases soltas, para intercalar no estilo. Mas o estilo, como a tia Marcolina, deixava-se estar. *Soeur Anne, soeur Anne...* Coisa nenhuma. Quando muito via negrejar a tinta e alvejar o papel.

– Mas não comia?

– Comia mal, frutas, farinha, conservas, algumas raízes tostadas ao fogo, mas suportaria tudo alegremente, se não fora a terrível situação moral em que me achava. Recitava versos, discursos, trechos latinos, liras de Gonzaga[20], oitavas[21] de Camões, décimas[22], uma antologia em trinta volumes. Às vezes fazia ginástica; outra dava beliscões nas pernas; mas o efeito era só uma sensação física de dor ou de cansaço, e mais nada. Tudo silêncio, um silêncio vasto, enorme, infinito, apenas sublinhado pelo eterno *tic-tac* da pêndula. *Tic-tac, tic-tac...*

– Na verdade, era de enlouquecer.

– Vão ouvir coisa pior. Convém dizer-lhes que, desde que ficara só, não olhara uma só vez para o espelho. Não era abstenção deliberada, não tinha motivo; era um impulso inconsciente, um receio de achar-me um e dois, ao mesmo

---

20 Liras de Gonzaga: referência às poesias (as liras, como ele as chamou, isto é, poesias para serem cantadas ao som da lira, bem ao gosto árcade) de Tomás Antonio Gonzaga (1744-1810), dedicadas a Maria Doroteia Joaquina de Seixas, *Marília de Dirceu* (1792).

21 Oitavas/oitavas rimas: estrofes compostas por oito versos decassílados com rimas alternadas nos seis primeiros versos e emparelhada nos dois últimos. No caso, referência a *Os Lusíadas*.

22 Décimas: estrofes compostas por dez versos.

tempo, naquela casa solitária; e se tal explicação é verdadeira, nada prova melhor a contradição humana, porque no fim de oito dias, deu-me na veneta de olhar para o espelho com o fim justamente de achar-me dois. Olhei e recuei. O próprio vidro parecia conjurado[23] com o resto do universo; não me estampou a figura nítida e inteira, mas vaga, esfumada, difusa, sombra de sombra. A realidade das leis físicas não permite negar que o espelho reproduziu-me textualmente, com os mesmos contornos e feições; assim devia ter sido. Mas tal não foi a minha sensação. Então tive medo; atribuí o fenômeno à excitação nervosa em que andava; receei ficar mais tempo, e enlouquecer. – Vou-me embora, disse comigo. E levantei o braço com gesto de mau humor, e ao mesmo tempo de decisão, olhando para o vidro; o gesto lá estava, mas disperso, esgaçado[24], mutilado... Entrei a vestir-me, murmurando comigo, tossindo sem tosse, sacudindo a roupa com estrépito, afligindo-me a frio com os botões, para dizer alguma coisa. De quando em quando, olhava furtivamente para o espelho; a imagem era a mesma difusão de linhas, a mesma decomposição de contornos... Continuei a vestir-me. Subitamente, por uma inspiração inexplicável, por um impulso sem cálculo, lembrou-me... Se forem capazes de adivinhar qual foi a minha ideia...

– Diga.

– Estava a olhar para o vidro, com uma persistência de desesperado, contemplando as próprias feições derramadas e inacabadas, uma nuvem de linhas soltas, informes, quando tive o pensamento... Não, não são capazes de adivinhar.

– Mas, diga, diga.

---

[23] Conjurado: combinado para determinado fim.

[24] Esgaçado: m.q. esgarçado, desfiado.

– Lembrou-me vestir a farda de alferes. Vesti-a, aprontei-me de todo; e, como estava defronte do espelho, levantei os olhos, e... não lhes digo nada; o vidro reproduziu então a figura integral; nenhuma linha de menos, nenhum contorno diverso; era eu mesmo, o alferes, que achava, enfim, a alma exterior. Essa alma ausente com a dona do sítio, dispersa e fugida com os escravos, ei-la recolhida no espelho. Imaginai um homem que, pouco a pouco, emerge de um letargo, abre os olhos sem ver, depois começa a ver, distingue as pessoas dos objetos, mas não conhece individualmente uns nem outros; enfim, sabe que este é Fulano, aquele é Sicrano; aqui está uma cadeira, ali um sofá. Tudo volta ao que era antes do sono. Assim foi comigo. Olhava para o espelho, ia de um lado para outro, recuava, gesticulava, sorria, e o vidro exprimia tudo. Não era mais um autômato, era um ente animado. Daí em diante, fui outro. Cada dia, a uma certa hora, vestia-me de alferes, e sentava-me diante do espelho, lendo, olhando, meditando; no fim de duas, três horas, despia-me outra vez. Com este regime pude atravessar mais seis dias de solidão, sem os sentir...

Quando os outros voltaram a si, o narrador tinha descido as escadas.

A CARTOMANTE[1]

(*Várias histórias*, 1896)

Hamlet observa a Horácio que há mais coisas no céu e na terra do que sonha a nossa filosofia[2]. Era a mesma explicação que dava a bela Rita ao moço Camilo, numa sexta-feira de novembro de 1869, quando este ria dela, por ter ido na véspera consultar uma cartomante; a diferença é que o fazia por outras palavras.

– Ria, ria. Os homens são assim; não acreditam em nada. Pois saiba que fui, e que ela adivinhou o motivo da consulta, antes mesmo que eu lhe dissesse o que era. Apenas começou a botar as cartas, disse-me: "A senhora gosta de uma pessoa...". Confessei que sim, e então ela continuou a botar as cartas, combinou-as, e no fim declarou-me que eu tinha medo de que você me esquecesse, mas que não era verdade...

– Errou! Interrompeu Camilo, rindo.

---

[1] Este conto foi originalmente publicado na *Gazeta de Notícias*, em 28 de novembro de 1884, assinado por Machado de Assis.

[2] Hamlet observa a... filosofia: referência à tragédia *Hamlet* (1599?) escrita por William Shakespeare (1564-1616), dramaturgo inglês. Nela se encontra a famosa frase dita pelo príncipe da Dinamarca, Hamlet, dominado pela paixão, a seu amigo Horácio, O Racional: "Há mais coisas entre o céu e a terra do que sonha a nossa vã filosofia".

– Não diga isso, Camilo. Se você soubesse como eu tenho andado, por sua causa. Você sabe; já lhe disse. Não ria de mim, não ria...

Camilo pegou-lhe nas mãos, e olhou para ela sério e fixo. Jurou que lhe queria muito, que os seus sustos pareciam de criança; em todo o caso, quando tivesse algum receio, a melhor cartomante era ele mesmo. Depois, repreendeu-a; disse- lhe que era imprudente andar por essas casas. Vilela podia sabê-lo, e depois...

– Qual saber! Tive muita cautela, ao entrar na casa.

– Onde é a casa?

– Aqui perto, na Rua da Guarda Velha; não passava ninguém nessa ocasião. Descansa; eu não sou maluca.

Camilo riu outra vez:

– Tu crês deveras nessas coisas? perguntou-lhe.

Foi então que ela, sem saber que traduzia Hamlet em vulgar, disse-lhe que havia muita coisa misteriosa e verdadeira neste mundo. Se ele não acreditava, paciência; mas o certo é que a cartomante adivinhara tudo. Que mais? A prova é que ela agora estava tranquila e satisfeita.

Cuido que ele ia falar, mas reprimiu-se. Não queria arrancar-lhe as ilusões. Também ele, em criança, e ainda depois, foi supersticioso, teve um arsenal inteiro de crendices, que a mãe lhe incutiu e que aos vinte anos desapareceram. No dia em que deixou cair toda essa vegetação parasita, e ficou só o tronco da religião, ele, como tivesse recebido da mãe ambos os ensinos, envolveu-os na mesma dúvida, e logo depois em uma só negação total. Camilo não acreditava em nada. Por quê? Não poderia dizê-lo, não possuía um só argumento: limitava-se a negar tudo. E digo mal, porque negar é ainda afirmar, e ele não formulava a incredulidade; diante do mistério, contentou-se em levantar os ombros, e foi andando.

Separaram-se contentes, ele ainda mais que ela. Rita estava certa de ser amada; Camilo, não só o estava, mas via-a estremecer e arriscar-se por ele, correr às cartomantes, e, por mais que a repreendesse, não podia deixar de sentir-se lisonjeado. A casa do encontro era na antiga Rua dos Barbonos, onde morava uma comprovinciana[3] de Rita. Esta desceu pela Rua das Mangueiras, na direção de Botafogo, onde residia; Camilo desceu pela da Guarda Velha, olhando de passagem para a casa da cartomante.

Vilela, Camilo e Rita, três nomes, uma aventura e nenhuma explicação das origens. Vamos a ela. Os dois primeiros eram amigos de infância. Vilela seguiu a carreira de magistrado. Camilo entrou no funcionalismo, contra a vontade do pai, que queria vê-lo médico; mas o pai morreu, e Camilo preferiu não ser nada, até que a mãe lhe arranjou um emprego público. No princípio de 1869, voltou Vilela da província, onde casara com uma dama formosa e tonta; abandonou a magistratura e veio abrir banca de advogado. Camilo arranjou-lhe casa para os lados de Botafogo, e foi a bordo recebê-lo.

– É o senhor? exclamou Rita, estendendo-lhe a mão. Não imagina como meu marido é seu amigo, falava sempre do senhor.

Camilo e Vilela olharam-se com ternura. Eram amigos deveras.

Depois, Camilo confessou de si para si que a mulher do Vilela não desmentia as cartas do marido. Realmente, era graciosa e viva nos gestos, olhos cálidos, boca fina e interrogativa. Era um pouco mais velha que ambos: contava trinta anos, Vilela, vinte e nove, e Camilo, vinte e seis. Entretanto, o porte grave de Vilela fazia-o parecer mais velho que a mulher,

---

[3] Comprovinciana: que é da mesma província.

enquanto Camilo era um ingênuo na vida moral e prática. Faltava-lhe tanto a ação do tempo, como os óculos de cristal, que a natureza põe no berço de alguns para adiantar os anos. Nem experiência, nem intuição.

Uniram-se os três. Convivência trouxe intimidade. Pouco depois morreu a mãe de Camilo, e nesse desastre, que o foi, os dois mostraram-se grandes amigos dele. Vilela cuidou do enterro, dos sufrágios[4] e do inventário; Rita tratou especialmente do coração, e ninguém o faria melhor.

Como daí chegaram ao amor, não o soube ele nunca. A verdade é que gostava de passar as horas ao lado dela, era a sua enfermeira moral, quase uma irmã, mas principalmente era mulher e bonita. *Odor di femmina*[5]: eis o que ele aspirava nela, e em volta dela, para incorporá-lo em si próprio. Liam os mesmos livros, iam juntos a teatros e passeios. Camilo ensinou-lhe as damas e o xadrez e jogavam às noites; – ela mal, – ele, para lhe ser agradável, pouco menos mal. Até aí as coisas. Agora a ação da pessoa, os olhos teimosos de Rita, que procuravam muita vez os dele, que os consultavam antes de o fazer ao marido, as mãos frias, as atitudes insólitas. Um dia, fazendo ele anos, recebeu de Vilela uma rica bengala de presente, e de Rita apenas um cartão com um vulgar cumprimento a lápis, e foi então que ele pôde ler no próprio coração; não conseguia arrancar os olhos do bilhetinho. Palavras vulgares; mas há vulgaridades sublimes, ou, pelo menos, deleitosas. A velha caleça[6] de praça, em que pela

---

4 Sufrágios: preces pela alma do morto.

5 *Odor di femmina* (ital.): a frase "cheiro de mulher" comparece na ópera *Don Giovanni* (1787), de Mozart (1756-1791), e se torna bastante popular no século XIX.

6 Caleça: tipo de carruagem com quatro rodas e dois assentos, puxada por dois cavalos em parelha.

primeira vez passeaste com a mulher amada, fechadinhos ambos, vale o carro de Apolo[7]. Assim é o homem, assim são as coisas que o cercam.

Camilo quis sinceramente fugir, mas já não pôde. Rita, como uma serpente, foi-se acercando dele, envolveu-o todo, fez-lhe estalar os ossos num espasmo, e pingou-lhe o veneno na boca. Ele ficou atordoado e subjugado. Vexame, sustos, remorsos, desejos, tudo sentiu de mistura; mas a batalha foi curta e a vitória delirante. Adeus, escrúpulos! Não tardou que o sapato se acomodasse ao pé, e aí foram ambos, estrada fora, braços dados, pisando folgadamente por cima de ervas e pedregulhos, sem padecer nada mais que algumas saudades, quando estavam ausentes um do outro. A confiança e estima de Vilela continuavam a ser as mesmas.

Um dia, porém, recebeu Camilo uma carta anônima, que lhe chamava imoral e pérfido, e dizia que a aventura era sabida de todos. Camilo teve medo, e, para desviar as suspeitas, começou a rarear as visitas à casa de Vilela. Este notou-lhe as ausências. Camilo respondeu que o motivo era uma paixão frívola de rapaz. Candura gerou astúcia. As ausências prolongaram-se, e as visitas cessaram inteiramente. Pode ser que entrasse também nisso um pouco de amor-próprio, uma intenção de diminuir os obséquios do marido, para tornar menos dura a aleivosia[8] do ato.

Foi por esse tempo que Rita, desconfiada e medrosa, correu à cartomante para consultá-la sobre a verdadeira causa do procedimento de Camilo. Vimos que a cartomante restituiu-lhe a

---

7 Apolo (mit.): segundo a mitologia grega, era o deus do sol e representante das artes, beleza e juventude. Segundo a lenda, o percurso do sol nada mais era que o passeio de Apolo em sua esplendorosa carruagem dourada puxada por quatro cavalos brancos.

8 Aleivosia: ver nota 21, p. 100.

confiança, e que o rapaz repreendeu-a por ter feito o que fez. Correram ainda algumas semanas. Camilo recebeu mais duas ou três cartas anônimas, tão apaixonadas, que não podiam ser advertência da virtude, mas despeito de algum pretendente; tal foi a opinião de Rita, que, por outras palavras mal compostas, formulou este pensamento: – a virtude é preguiçosa e avara, não gasta tempo nem papel; só o interesse é ativo e pródigo.

Nem por isso Camilo ficou mais sossegado; temia que o anônimo fosse ter com Vilela, e a catástrofe viria então sem remédio. Rita concordou que era possível.

– Bem, disse ela; eu levo os sobrescritos para comparar a letra com as das cartas que lá aparecerem; se alguma for igual, guardo-a e rasgo-a...

Nenhuma apareceu; mas daí a algum tempo Vilela começou a mostrar-se sombrio, falando pouco, como desconfiado. Rita deu-se pressa em dizê-lo ao outro, e sobre isso deliberaram. A opinião dela é que Camilo devia tornar à casa deles, tatear o marido, e pode ser até que lhe ouvisse a confidência de algum negócio particular. Camilo divergia; aparecer depois de tantos meses era confirmar a suspeita ou denúncia. Mais valia acautelarem-se, sacrificando-se por algumas semanas. Combinaram os meios de se corresponderem, em caso de necessidade, e separaram-se com lágrimas.

No dia seguinte, estando na repartição, recebeu Camilo este bilhete de Vilela: "Vem já, já, à nossa casa; preciso falar-te sem demora." Era mais de meio-dia. Camilo saiu logo; na rua, advertiu que teria sido mais natural chamá-lo ao escritório; por que em casa? Tudo indicava matéria especial, e a letra, fosse realidade ou ilusão, afigurou-se-lhe trêmula. Ele combinou todas essas coisas com a notícia da véspera.

– Vem já, já, à nossa casa; preciso falar-te sem demora, – repetia ele com os olhos no papel.

Imaginariamente, viu a ponta da orelha de um drama, Rita subjugada e lacrimosa, Vilela indignado, pegando da pena e escrevendo o bilhete, certo de que ele acudiria, e esperando-o para matá-lo. Camilo estremeceu, tinha medo: depois sorriu amarelo, e em todo caso repugnava-lhe a ideia de recuar, e foi andando. De caminho, lembrou-se de ir a casa; podia achar algum recado de Rita, que lhe explicasse tudo. Não achou nada, nem ninguém. Voltou à rua, e a ideia de estarem descobertos parecia-lhe cada vez mais verossímil; era natural uma denúncia anônima, até da própria pessoa que o ameaçara antes; podia ser que Vilela conhecesse agora tudo. A mesma suspensão das suas visitas, sem motivo aparente, apenas com um pretexto fútil, viria confirmar o resto.

Camilo ia andando inquieto e nervoso. Não relia o bilhete, mas as palavras estavam decoradas, diante dos olhos, fixas; ou então, – o que era ainda pior, – eram-lhe murmuradas ao ouvido, com a própria voz de Vilela. "Vem já, já, à nossa casa; preciso falar-te sem demora." Ditas assim, pela voz do outro, tinham um tom de mistério e ameaça. Vem, já, já, para quê? Era perto de uma hora da tarde. A comoção crescia de minuto a minuto. Tanto imaginou o que se iria passar, que chegou a crê-lo e vê-lo. Positivamente, tinha medo. Entrou a cogitar em ir armado, considerando que, se nada houvesse, nada perdia, e a precaução era útil. Logo depois rejeitava a ideia, vexado de si mesmo, e seguia, picando o passo, na direção do Largo da Carioca, para entrar num tílburi. Chegou, entrou e mandou seguir a trote largo.

"Quanto antes, melhor, pensou ele; não posso estar assim..."

Mas o mesmo trote do cavalo veio agravar-lhe a comoção. O tempo voava, e ele não tardaria a entestar com o perigo. Quase no fim da Rua da Guarda Velha, o tílburi teve de parar, a rua estava atravancada com uma carroça, que caíra. Camilo, em si mesmo, estimou o obstáculo, e esperou. No fim de cinco minutos, reparou que ao lado, à esquerda, ao pé do tílburi, ficava a casa da cartomante, a quem Rita consultara uma vez, e nunca ele desejou tanto crer na lição das cartas. Olhou, viu as janelas fechadas, quando todas as outras estavam abertas e pejadas[9] de curiosos do incidente da rua. Dir-se-ia a morada do indiferente Destino.

Camilo reclinou-se no tílburi, para não ver nada. A agitação dele era grande, extraordinária, e do fundo das camadas morais emergiam alguns fantasmas de outro tempo, as velhas crenças, as superstições antigas. O cocheiro propôs-lhe voltar à primeira travessa, e ir por outro caminho: ele respondeu que não, que esperasse. E inclinava-se para fitar a casa... Depois fez um gesto incrédulo: era a ideia de ouvir a cartomante, que lhe passava ao longe, muito longe, com vastas asas cinzentas; desapareceu, reapareceu, e tornou a esvair-se no cérebro; mas daí a pouco moveu outra vez as asas, mais perto, fazendo uns giros concêntricos... Na rua, gritavam os homens, safando a carroça:

– Anda! agora! empurra! vá! vá!

Daí a pouco estaria removido o obstáculo. Camilo fechava os olhos, pensava em outras coisas; mas a voz do marido sussurrava-lhe às orelhas as palavras da carta: "Vem, já, já...". E ele via as contorções do drama e tremia. A casa olhava para ele. As pernas queriam descer e entrar... Camilo achou-se diante de um longo véu opaco... pensou rapidamente no inexplicável de tantas coisas. A voz da mãe repetia-lhe uma porção de casos extraordinários: e a mesma frase do príncipe de Dinamarca reboava-lhe dentro: "Há mais coisas no céu e na terra do que sonha a filosofia...". Que perdia ele, se...?

[9] Pejadas: repletas.

Deu por si na calçada, ao pé da porta: disse ao cocheiro que esperasse, e rápido enfiou pelo corredor, e subiu a escada. A luz era pouca, os degraus comidos dos pés, o corrimão pegajoso; mas ele não viu nem sentiu nada. Trepou e bateu. Não aparecendo ninguém, teve ideia de descer; mas era tarde, a curiosidade fustigava-lhe o sangue, as fontes latejavam-lhe; ele tornou a bater uma, duas, três pancadas. Veio uma mulher; era a cartomante. Camilo disse que ia consultá-la, ela fê-lo entrar. Dali subiram ao sótão, por uma escada ainda pior que a primeira e mais escura. Em cima, havia uma salinha, mal alumiada por uma janela, que dava para o telhado dos fundos. Velhos trastes, paredes sombrias, um ar de pobreza, que antes aumentava do que destruía o prestígio.

A cartomante fê-lo sentar diante da mesa, e sentou-se do lado oposto, com as costas para a janela, de maneira que a pouca luz de fora batia em cheio no rosto de Camilo. Abriu uma gaveta e tirou um baralho de cartas compridas e enxovalhadas. Enquanto as baralhava, rapidamente, olhava para ele, não de rosto, mas por baixo dos olhos. Era uma mulher de quarenta anos, italiana, morena e magra, com grandes olhos sonsos e agudos. Voltou três cartas sobre a mesa, e disse-lhe:

– Vejamos primeiro o que é que o traz aqui. O senhor tem um grande susto... Camilo, maravilhado, fez um gesto afirmativo.

– E quer saber, continuou ela, se lhe acontecerá alguma coisa ou não...

– A mim e a ela, explicou vivamente ele.

A cartomante não sorriu: disse-lhe só que esperasse. Rápido pegou outra vez das cartas e baralhou-as, com os longos dedos finos, de unhas descuradas; baralhou-as bem, transpôs os maços, uma, duas, três vezes; depois começou a estendê-las. Camilo tinha os olhos nela, curioso e ansioso.

– As cartas dizem-me...

Camilo inclinou-se para beber uma a uma as palavras. Então ela declarou-lhe que não tivesse medo de nada. Nada aconteceria nem a um nem a outro; ele, o terceiro, ignorava tudo. Não obstante, era indispensável muita cautela: ferviam invejas e despeitos. Falou-lhe do amor que os ligava, da beleza de Rita... Camilo estava deslumbrado. A cartomante acabou, recolheu as cartas e fechou-as na gaveta.

– A senhora restituiu-me a paz ao espírito, disse ele estendendo a mão por cima da mesa e apertando a da cartomante.

Esta levantou-se, rindo.

– Vá, disse ela; vá, *ragazzo innamorato*[10]...

E de pé, com o dedo indicador, tocou-lhe na testa. Camilo estremeceu, como se fosse a mão da própria sibila[11], e levantou-se também. A cartomante foi à cômoda, sobre a qual estava um prato com passas, tirou um cacho destas, começou a despencá-las e comê-las, mostrando duas fileiras de dentes que desmentiam as unhas. Nessa mesma ação comum, a mulher tinha um ar particular. Camilo, ansioso por sair, não sabia como pagasse; ignorava o preço.

– Passas custam dinheiro, disse ele afinal, tirando a carteira. Quantas quer mandar buscar?

– Pergunte ao seu coração, respondeu ela.

Camilo tirou uma nota de dez mil-réis, e deu-lha. Os olhos da cartomante fuzilaram. O preço usual era dois mil-réis.

– Vejo bem que o senhor gosta muito dela... E faz bem; ela gosta muito do senhor. Vá, vá, tranquilo. Olhe a escada, é escura; ponha o chapéu...

---

10 *Ragazzo innamorato* (Ital.): rapaz apaixonado.

11 Sibila: profetisa.

A cartomante tinha já guardado a nota na algibeira, e descia com ele, falando, com um leve sotaque. Camilo despediu-se dela embaixo, e desceu a escada que levava à rua, enquanto a cartomante, alegre com a paga, tornava acima, cantarolando uma barcarola[12]. Camilo achou o tílburi esperando; a rua estava livre. Entrou e seguiu a trote largo.

Tudo lhe parecia agora melhor, as outras coisas traziam outro aspecto, o céu estava límpido e as caras, joviais. Chegou a rir dos seus receios, que chamou pueris; recordou os termos da carta de Vilela e reconheceu que eram íntimos e familiares. Onde é que ele lhe descobrira a ameaça? Advertiu também que eram urgentes, e que fizera mal em demorar-se tanto; podia ser algum negócio grave e gravíssimo.

– Vamos, vamos depressa, repetia ele ao cocheiro.

E consigo, para explicar a demora ao amigo, engenhou qualquer coisa; parece que formou também o plano de aproveitar o incidente para tornar à antiga assiduidade... De volta com os planos, reboavam-lhe na alma as palavras da cartomante. Em verdade, ela adivinhara o objeto da consulta, o estado dele, a existência de um terceiro; por que não adivinharia o resto? O presente que se ignora vale o futuro. Era assim, lentas e contínuas, que as velhas crenças do rapaz iam tornando ao de cima, e o mistério empolgava-o com as unhas de ferro. Às vezes queria rir, e ria de si mesmo, algo vexado; mas a mulher, as cartas, as palavras secas e afirmativas, a exortação: – Vá, vá, *ragazzo innamorato*; e no fim, ao longe, a barcarola da despedida, lenta e graciosa, tais eram os elementos recentes, que formavam, com os antigos, uma fé nova e vivaz.

A verdade é que o coração ia alegre e impaciente, pensando nas horas felizes de outrora e nas que haviam de vir.

---

[12] Barcarola: canção dos gondoleiros venezianos.

Ao passar pela Glória, Camilo olhou para o mar, estendeu os olhos para fora, até onde a água e o céu dão um abraço infinito, e teve assim uma sensação do futuro, longo, longo, interminável.

Daí a pouco chegou à casa de Vilela. Apeou-se, empurrou a porta de ferro do jardim e entrou. A casa estava silenciosa. Subiu os seis degraus de pedra, e mal teve tempo de bater, a porta abriu-se, e apareceu-lhe Vilela.

– Desculpa, não pude vir mais cedo; que há?

Vilela não lhe respondeu; tinha as feições decompostas; fez-lhe sinal, e foram para uma saleta interior. Entrando, Camilo não pôde sufocar um grito de terror: – ao fundo sobre o canapé, estava Rita morta e ensanguentada. Vilela pegou-o pela gola, e, com dois tiros de revólver, estirou-o morto no chão.

A CAUSA SECRETA[1]

(*Várias histórias*, 1896)

Garcia, em pé, mirava e estalava as unhas; Fortunato, na cadeira de balanço, olhava para o teto; Maria Luísa, perto da janela, concluía um trabalho de agulha. Havia já cinco minutos que nenhum deles dizia nada. Tinham falado do dia, que estivera excelente, – de Catumbi, onde morava o casal Fortunato, e de uma casa de saúde, que adiante se explicará. Como os três personagens aqui presentes estão agora mortos e enterrados, tempo é de contar a história sem rebuço[2].

Tinham falado também de outra coisa, além daquelas três, coisa tão feia e grave, que não lhes deixou muito gosto para tratar do dia, do bairro e da casa de saúde. Toda a conversação a este respeito foi constrangida. Agora mesmo, os dedos de Maria Luísa parecem ainda trêmulos, ao passo que há no rosto de Garcia uma expressão de severidade, que lhe não é habitual. Em verdade, o que se passou foi de tal natureza, que para fazê-lo entender é preciso remontar à origem da situação.

---

1 Este conto foi originalmente publicado na *Gazeta de Notícias*, em 1º de agosto de 1885, assinado por Machado de Assis.

2 Rebuço:disfarce.

Garcia tinha-se formado em medicina no ano anterior, 1861. No de 1860, estando ainda na Escola, encontrou-se com Fortunato, pela primeira vez, à porta da Santa Casa; entrava, quando o outro saía. Fez-lhe impressão a figura; mas, ainda assim, tê-la-ia esquecido, se não fosse o segundo encontro, poucos dias depois. Morava na rua de D. Manuel. Uma de suas raras distrações era ir ao teatro de S. Januário, que ficava perto, entre essa rua e a praia; ia uma ou duas vezes por mês, e nunca achava acima de quarenta pessoas. Só os mais intrépidos ousavam estender os passos até aquele recanto da cidade. Uma noite, estando nas cadeiras, apareceu ali Fortunato, e sentou-se ao pé dele.

A peça era um dramalhão, cosido a facadas, ouriçado de imprecações e remorsos; mas Fortunato ouvia-a com singular interesse. Nos lances dolorosos, a atenção dele redobrava, os olhos iam avidamente de um personagem a outro, a tal ponto que o estudante suspeitou haver na peça reminiscências pessoais do vizinho. No fim do drama, veio uma farsa; mas Fortunato não esperou por ela e saiu; Garcia saiu atrás dele. Fortunato foi pelo Beco do Cotovelo, Rua de S. José, até o Largo da Carioca. Ia devagar, cabisbaixo, parando às vezes, para dar uma bengalada em algum cão que dormia; o cão ficava ganindo e ele ia andando. No Largo da Carioca entrou num tílburi, e seguiu para os lados da Praça da Constituição. Garcia voltou para casa sem saber mais nada.

Decorreram algumas semanas. Uma noite, eram nove horas, estava em casa, quando ouviu rumor de vozes na escada; desceu logo do sótão, onde morava, ao primeiro andar, onde vivia um empregado do arsenal de guerra. Era este que alguns homens conduziam escada acima, ensanguentado. O preto que o servia acudiu a abrir a porta; o homem gemia, as vozes eram confusas, a luz pouca. Deposto o ferido na cama, Garcia disse que era preciso chamar um médico.

– Já aí vem um, acudiu alguém.

Garcia olhou: era o próprio homem da Santa Casa e do teatro. Imaginou que seria parente ou amigo do ferido; mas, rejeitou a suposição, desde que lhe ouvira perguntar se este tinha família ou pessoa próxima. Disse-lhe o preto que não, e ele assumiu a direção do serviço, pediu às pessoas estranhas que se retirassem, pagou aos carregadores, e deu as primeiras ordens. Sabendo que o Garcia era vizinho e estudante de medicina, pediu-lhe que ficasse para ajudar o médico. Em seguida contou o que se passara.

– Foi uma malta[3] de capoeiras[4]. Eu vinha do quartel de Moura, onde fui visitar um primo, quando ouvi um barulho muito grande, e logo depois um ajuntamento. Parece que eles feriram também a um sujeito que passava, e que entrou por um daqueles becos; mas eu só vi a este senhor, que atravessava a rua no momento em que um dos capoeiras, roçando por ele, meteu-lhe o punhal. Não caiu logo; disse onde morava e, como era a dois passos, achei melhor trazê-lo.

– Conhecia-o antes? perguntou Garcia.

– Não, nunca o vi. Quem é?

– É um bom homem, empregado no arsenal de guerra. Chama-se Gouveia.

– Não sei quem é.

Médico e subdelegado vieram daí a pouco; fez-se o curativo, e tomaram-se as informações. O desconhecido declarou chamar-se Fortunato Gomes da Silveira, ser capitalista, solteiro, morador em Catumbi. A ferida foi reconhecida

---

3 Malta: conjunto de indivíduos de má fama.

4 Capoeiras: desordeiros, valentões.

grave. Durante o curativo, ajudado pelo estudante, Fortunato serviu de criado, segurando a bacia, a vela, os panos, sem perturbar nada, olhando friamente para o ferido, que gemia muito. No fim, entendeu-se particularmente com o médico, acompanhou-o até o patamar da escada, e reiterou ao subdelegado a declaração de estar pronto a auxiliar as pesquisas da polícia. Os dois saíram, ele e o estudante ficaram no quarto.

Garcia estava atônito. Olhou para ele, viu-o sentar-se tranquilamente, estirar as pernas, meter as mãos nas algibeiras das calças, e fitar os olhos no ferido. Os olhos eram claros, cor de chumbo, moviam-se devagar, e tinham a expressão dura, seca e fria. Cara magra e pálida; uma tira estreita de barba, por baixo do queixo, e de uma têmpora a outra, curta, ruiva e rara. Teria quarenta anos. De quando em quando, voltava-se para o estudante, e perguntava alguma coisa acerca do ferido; mas tornava logo a olhar para ele, enquanto o rapaz lhe dava a resposta. A sensação que o estudante recebia era de repulsa ao mesmo tempo que de curiosidade; não podia negar que estava assistindo a um ato de rara dedicação, e se era desinteressado como parecia, não havia mais que aceitar o coração humano como um poço de mistérios.

Fortunato saiu pouco antes de uma hora; voltou nos dias seguintes, mas a cura fez-se depressa, e, antes de concluída, desapareceu sem dizer ao obsequiado onde morava. Foi o estudante que lhe deu as indicações do nome, rua e número.

– Vou agradecer-lhe a esmola que me fez, logo que possa sair, disse o convalescente.

Correu a Catumbi daí a seis dias. Fortunato recebeu-o constrangido, ouviu impaciente as palavras de agradecimento, deu-lhe uma resposta enfastiada e acabou batendo com as borlas do chambre[5] no joelho. Gouveia, defronte dele, sentado e calado, alisava o chapéu com os dedos, levantando os olhos de quando em quando, sem achar mais nada que dizer. No fim de dez minutos, pediu licença para sair, e saiu.

– Cuidado com os capoeiras! disse-lhe o dono da casa, rindo-se.

O pobre-diabo saiu de lá mortificado, humilhado, mastigando a custo o desdém, forcejando por esquecê-lo, explicá-lo ou perdoá-lo, para que no coração só ficasse a memória do benefício; mas o esforço era vão. O ressentimento, hóspede novo e exclusivo, entrou e pôs fora o benefício, de tal modo que o desgraçado não teve mais que trepar à cabeça e refugiar-se ali como uma simples ideia. Foi assim que o próprio benfeitor insinuou a este homem o sentimento da ingratidão.

Tudo isso assombrou o Garcia. Este moço possuía, em gérmen, a faculdade de decifrar os homens, de decompor os caracteres, tinha o amor da análise, e sentia o regalo, que dizia ser supremo, de penetrar muitas camadas morais, até apalpar o segredo de um organismo. Picado de curiosidade, lembrou-se de ir ter com o homem de Catumbi, mas advertiu que nem recebera dele o oferecimento formal da casa. Quando menos, era-lhe preciso um pretexto, e não achou nenhum.

Tempos depois, estando já formado e morando na Rua de Mata-cavalos, perto da do Conde, encontrou Fortunato em uma gôndola[6], encontrou-o ainda outras vezes, e a frequência trouxe a familiaridade. Um dia Fortunato convidou-o a ir visitá-lo ali perto, em Catumbi.

– Sabe que estou casado?

– Não sabia.

---

[5] Chambre: (do fr.) robe de chambre, roupão.

[6] Gôndola: antigo veículo urbano, puxado a burros.

– Casei-me há quatro meses, podia dizer quatro dias. Vá jantar conosco domingo.

– Domingo?

– Não esteja forjando desculpas; não admito desculpas. Vá domingo.

Garcia foi lá domingo. Fortunato deu-lhe um bom jantar, bons charutos e boa palestra, em companhia da senhora, que era interessante. A figura dele não mudara; os olhos cram as mesmas chapas de estanho, duras e frias; as outras feições não eram mais atraentes que dantes. Os obséquios, porém, se não resgatavam a natureza, davam alguma compensação, e não era pouco. Maria Luísa é que possuía ambos os feitiços, pessoa e modos. Era esbelta, airosa[7], olhos meigos e submissos; tinha vinte e cinco anos e parecia não passar de dezenove. Garcia, à segunda vez que lá foi, percebeu que entre eles havia alguma dissonância de caracteres, pouca ou nenhuma afinidade moral, e da parte da mulher para com o marido uns modos que transcendiam o respeito e confinavam na resignação e no temor. Um dia, estando os três juntos, perguntou Garcia a Maria Luísa se tivera notícia das circunstâncias em que ele conhecera o marido.

– Não, respondeu a moça.

– Vai ouvir uma ação bonita.

– Não vale a pena, interrompeu Fortunato.

– A senhora vai ver se vale a pena, insistiu o médico.

Contou o caso da Rua de D. Manuel. A moça ouviu-o espantada. Insensivelmente estendeu a mão e apertou o pulso ao marido, risonha e agradecida, como se acabasse de descobrir-lhe o coração. Fortunato sacudia os ombros, mas não ouvia com indiferença. No fim contou ele próprio a vi-

---

7 Airosa: de aparência agradável.

sita que o ferido lhe fez, com todos os pormenores da figura, dos gestos, das palavras atadas, dos silêncios, em suma, um estúrdio[8]. E ria muito ao contá-la. Não era o riso da dobrez[9]. A dobrez é evasiva e oblíqua; o riso dele era jovial e franco.

"Singular homem!" pensou Garcia.

Maria Luísa ficou desconsolada com a zombaria do marido; mas o médico restituiu-lhe a satisfação anterior, voltando a referir a dedicação deste e as suas raras qualidades de enfermeiro; tão bom enfermeiro, concluiu ele, que, se algum dia fundar uma casa de saúde, irei convidá-lo.

– Valeu? perguntou Fortunato.

– Valeu o quê?

– Vamos fundar uma casa de saúde?

– Não valeu nada; estou brincando.

– Podia-se fazer alguma coisa; e para o senhor, que começa a clínica, acho que seria bem bom. Tenho justamente uma casa que vai vagar, e serve.

Garcia recusou nesse e no dia seguinte; mas a ideia tinha-se metido na cabeça ao outro, e não foi possível recuar mais. Na verdade, era uma boa estreia para ele, e podia vir a ser um bom negócio para ambos. Aceitou finalmente, daí a dias, e foi uma desilusão para Maria Luísa. Criatura nervosa e frágil, padecia só com a ideia de que o marido tivesse de viver em contato com enfermidades humanas, mas não ousou opor-se-lhe, e curvou a cabeça. O plano fez-se e cumpriu-se depressa. Verdade é que Fortunato não curou de mais nada, nem então, nem depois. Aberta a casa, foi ele o próprio administrador e chefe de enfermeiros, examinava tudo, ordenava tudo, compras e caldos, drogas e contas.

---

8 Estúrdio: esquisitice.

9 Dobrez: m.q. doblez; fingimento.

Garcia pôde então observar que a dedicação ao ferido da Rua D. Manuel não era um caso fortuito, mas assentava na própria natureza deste homem. Via-o servir como nenhum dos fâmulos[10]. Não recuava diante de nada, não conhecia moléstia aflitiva ou repelente, e estava sempre pronto para tudo, a qualquer hora do dia ou da noite. Toda a gente pasmava e aplaudia. Fortunato estudava, acompanhava as operações, e nenhum outro curava os cáusticos[11].

– Tenho muita fé nos cáusticos, dizia ele.

A comunhão dos interesses apertou os laços da intimidade. Garcia tornou-se familiar na casa; ali jantava quase todos os dias, ali observava a pessoa e a vida de Maria Luísa, cuja solidão moral era evidente. E a solidão como que lhe duplicava o encanto. Garcia começou a sentir que alguma coisa o agitava, quando ela aparecia, quando falava, quando trabalhava, calada, ao canto da janela, ou tocava ao piano umas músicas tristes. Manso e manso, entrou-lhe o amor no coração. Quando deu por ele, quis expeli-lo, para que entre ele e Fortunato não houvesse outro laço que o da amizade; mas não pôde. Pôde apenas trancá-lo; Maria Luísa compreendeu ambas as coisas, a afeição e o silêncio, mas não se deu por achada.

No começo de outubro deu-se um incidente que desvendou ainda mais aos olhos do médico a situação da moça. Fortunato metera-se a estudar anatomia e fisiologia, e ocupava-se nas horas vagas em rasgar e envenenar gatos e cães. Como os guinchos dos animais atordoavam os doentes, mudou o laboratório para casa, e a mulher, compleição nervosa, teve de os sofrer. Um dia, porém, não podendo mais, foi ter com

[10] Fâmulos: empregados.

[11] Cáusticos: ferros que carbonizam os tecidos orgânicos, cauterizando-os.

o médico e pediu-lhe que, como coisa sua, alcançasse do marido a cessação de tais experiências.

– Mas a senhora mesma...

Maria Luísa acudiu, sorrindo:

– Ele naturalmente achará que sou criança. O que eu queria é que o senhor, como médico, lhe dissesse que isso me faz mal; e creia que faz...

Garcia alcançou prontamente que o outro acabasse com tais estudos. Se os foi fazer em outra parte, ninguém o soube, mas pode ser que sim. Maria Luísa agradeceu ao médico, tanto por ela como pelos animais, que não podia ver padecer. Tossia de quando em quando; Garcia perguntou-lhe se tinha alguma coisa, ela respondeu que nada.

– Deixe ver o pulso.

– Não tenho nada.

Não deu o pulso, e retirou-se. Garcia ficou apreensivo. Cuidava, ao contrário, que ela podia ter alguma coisa, que era preciso observá-la e avisar o marido em tempo.

Dois dias depois, – exatamente o dia em que os vemos agora, – Garcia foi lá jantar. Na sala disseram-lhe que Fortunato estava no gabinete, e ele caminhou para ali; ia chegando à porta, no momento em que Maria Luísa saía aflita.

– Que é? Perguntou-lhe.

– O rato! O rato! Exclamou a moça sufocada e afastando-se.

Garcia lembrou-se que, na véspera, ouvira ao Fortunado queixar-se de um rato, que lhe levara um papel importante; mas estava longe de esperar o que viu. Viu Fortunato sentado à mesa, que havia no centro do gabinete, e sobre a qual pusera um prato com espírito de vinho. O líquido flamejava. Entre o polegar e o índice da mão esquerda segurava um barbante, de cuja ponta pendia o rato atado pela cauda. Na direita tinha uma tesoura. No momento em que o Garcia entrou,

Fortunato cortava ao rato uma das patas; em seguida desceu o infeliz até a chama, rápido, para não fir-lo, e dispôs-se a fazer o mesmo à terceira, pois já lhe havia cortado a primeira. Garcia estacou horrorizado.

– Mate-o logo! Disse-lhe.

– Já vai.

E com um sorriso único, reflexo de alma satisfeita, alguma coisa que traduzia a delícia íntima das sensações supremas, Fortunato cortou a terceira pata ao rato, e fez pela terceira vez o mesmo movimento até a chama. O miserável estorcia-se, guinchando, ensanguentado, chamuscado, e não acabava de morrer. Garcia desviou os olhos, depois voltou-os novamente, e estendeu a mão para impedir que o suplício continuasse, mas não chegou a fazê-lo, porque o diabo do homem impunha medo, com toda aquela serenidade radiosa da fisionomia. Faltava cortar a última pata; Fortunato cortou-a muito devagar, acompanhando a tesoura com os olhos; a pata caiu, e ele ficou olhando para o rato meio cadáver. Ao descê-lo pela quarta vez, até a chama, deu ainda mais rapidez ao gesto, para salvar, se pudesse, alguns farrapos de vida.

Garcia, defronte, conseguia dominar a repugnância do espetáculo para fixar a cara do homem. Nem raiva, nem ódio; tão somente um vasto prazer, quieto e profundo, como daria a outro a audição de uma bela sonata ou a vista de uma estátua divina, alguma coisa parecida com a pura sensação estética. Pareceu-lhe, e era verdade, que Fortunato havia-o inteiramente esquecido. Isto posto, não estaria fingindo, e devia ser aquilo mesmo. A chama ia morrendo, o rato podia ser que tivesse ainda um resíduo de vida, sombra de sombra; Fortunato aproveitou-o para cortar-lhe o focinho e pela última vez chegar a carne ao fogo. Afinal deixou cair o cadáver no prato, e arredou de si toda essa mistura de chamusco e sangue.

Ao levantar-se deu com o médico e teve um sobressalto. Então, mostrou-se enraivecido contra o animal, que lhe comera o papel; mas a cólera evidentemente era fingida.

"Castiga sem raiva", pensou o médico, "pela necessidade de achar uma sensação de prazer, que só a dor alheia lhe pode dar: é o segredo deste homem".

Fortunato encareceu a importância do papel, a perda que lhe trazia, perda de tempo, é certo, mas o tempo agora era-lhe preciosíssimo. Garcia ouvia só, sem dizer nada, nem lhe dar crédito. Relembrava os atos dele, graves e leves, achava a mesma explicação para todos. Era a mesma troca das teclas da sensibilidade, um diletantismo *sui generis*[12], uma redução de Calígula[13].

Quando Maria Luísa voltou ao gabinete, daí a pouco, o marido foi ter com ela, rindo, pegou-lhe nas mãos e falou-lhe mansamente:

– Fracalhona!

E voltando-se para o médico:

– Há de crer que quase desmaiou?

Maria Luísa defendeu-se a medo, disse que era nervosa e mulher; depois foi sentar-se à janela com as suas lãs e agulhas, e os dedos ainda trêmulos, tal qual a vimos no começo desta história. Hão de lembrar-se que, depois de terem falado de outras coisas, ficaram calados os três, o marido sentado e olhando para o teto, o médico estalando as unhas. Pouco depois foram jantar; mas o jantar não foi alegre. Maria Luísa cismava e tossia; o médico indagava de si mesmo se ela não estaria exposta a algum excesso na companhia de tal homem.

---

[12] *Sui generis*: único, peculiar, diferente.

[13] Calígula: terceiro imperador romano, ficou conhecido por sua natureza cruel e pervertida.

Era apenas possível; mas o amor trocou-lhe a possibilidade em certeza; tremeu por ela e cuidou de os vigiar.

Ela tossia, tossia, e não se passou muito tempo que a moléstia não tirasse a máscara. Era a tísica[14], velha dama insaciável, que chupa a vida toda, até deixar um bagaço de ossos. Fortunato recebeu a notícia como um golpe; amava deveras a mulher, a seu modo, estava acostumado com ela, custava-lhe firm-la. Não poupou esforços, médicos, remédios, ares, todos os recursos e todos os paliativos. Mas foi tudo vão. A doença era mortal.

Nos últimos dias, em presença dos tormentos supremos da moça, a índole do marido subjugou qualquer outra afeição. Não a deixou mais; fitou o olho baço e frio naquela decomposição lenta e dolorosa da vida, bebeu uma a uma as aflições da bela criatura, agora magra e transparente, devorada de febre e minada de morte. Egoísmo aspérrimo, faminto de sensações, não lhe perdoou um só minuto de agonia, nem lhos pagou com uma só lágrima, pública ou íntima. Só quando ela expirou, é que ele ficou aturdido. Voltando a si, viu que estava outra vez só.

De noite, indo repousar uma parenta de Maria Luísa, que a ajudara a morrer, ficaram na sala Fortunato e Garcia, velando o cadáver, ambos pensativos; mas o próprio marido estava fatigado, o médico disse-lhe que repousasse um pouco.

– Vá descansar, passe pelo sono uma hora ou duas: eu irei depois.

Fortunato saiu, foi deitar-se no sofá da saleta contígua, e adormeceu logo. Vinte minutos depois acordou, quis dormir outra vez, cochilou alguns minutos, até que se levantou e voltou à sala. Caminhava nas pontas dos pés para não acor-

---

14 Tísica: tuberculose pulmonar.

dar a parenta, que dormia perto. Chegando à porta, estacou assombrado.

Garcia tinha-se chegado ao cadáver, levantara o lenço e contemplara por alguns instantes as feições defuntas. Depois, como se a morte espiritualizasse tudo, inclinou-se e beijou-a na testa. Foi nesse momento que Fortunato chegou à porta. Estacou assombrado; não podia ser o beijo da amizade, podia ser o epílogo de um livro adúltero. Não tinha ciúmes, note-se; a natureza compô-lo de maneira que lhe não deu ciúmes nem inveja, mas dera-lhe vaidade, que não é menos cativa ao ressentimento. Olhou assombrado, mordendo os beiços.

Entretanto, Garcia inclinou-se ainda para beijar outra vez o cadáver; mas então não pôde mais. O beijo rebentou em soluços, e os olhos não puderam conter as lágrimas, que vieram em borbotões, lágrimas de amor calado, e irremediável desespero. Fortunato, à porta, onde ficara, saboreou tranquilo essa explosão de dor moral que foi longa, muito longa, deliciosamente longa.

ENTRE SANTOS[1]

(*Várias histórias*, 1896)

Quando eu era capelão de S. Francisco de Paula (contava um padre velho) aconteceu-me uma aventura extraordinária.

Morava ao pé da igreja, e recolhi-me tarde, uma noite. Nunca me recolhi tarde que não fosse ver primeiro se as portas do templo estavam bem fechadas. Achei-as bem fechadas, mas lobriguei[2] luz por baixo delas. Corri assustado à procura da ronda; não a achei, tornei atrás e fiquei no adro, sem saber que fizesse. A luz, sem ser muito intensa, era-o demais para ladrões; além disso notei que era fixa e igual, não andava de um lado para outro, como seria a das velas ou lanternas de pessoas que estivessem roubando. O mistério arrastou-me; fui a casa buscar as chaves da sacristia (o sacristão tinha ido passar a noite em Niterói), benzi-me primeiro, abri a porta e entrei.

O corredor estava escuro. Levava comigo uma lanterna e caminhava devagarinho, calando o mais que podia o rumor

---

1 Este conto foi originalmente publicado no Suplemento Literário da *Gazeta de Notícias*, em 1º de janeiro de 1886, assinado por Machado de Assis.

2 Lobriguei: entrevi.

dos sapatos. A primeira e a segunda porta que comunicam com a igreja estavam fechadas; mas via-se a mesma luz e, porventura, mais intensa que do lado da rua. Fui andando, até que dei com a terceira porta aberta. Pus a um canto a lanterna, com o meu lenço por cima, para que me não vissem de dentro, e aproximei-me a espiar o que era.

Detive-me logo. Com efeito, só então adverti que viera inteiramente desarmado e que ia correr grande risco aparecendo na igreja sem mais defesa que as duas mãos. Correram ainda alguns minutos. Na igreja a luz era a mesma, igual e geral, e de uma cor de leite que não tinha a luz das velas. Ouvi também vozes, que ainda mais me atrapalharam, não cochichadas nem confusas, mas regulares, claras e tranquilas, à maneira de conversação. Não pude entender logo o que diziam. No meio disto, assaltou-me uma ideia que me fez recuar. Como naquele tempo os cadáveres eram sepultados nas igrejas, imaginei que a conversação podia ser de defuntos. Recuei espavorido, e só passado algum tempo, é que pude reagir e chegar outra vez à porta, dizendo a mim mesmo que semelhante ideia era um disparate. A realidade ia dar-me coisa mais assombrosa que um diálogo de mortos. Encomendei-me a Deus, benzi-me outra vez e fui andando, sorrateiramente, encostadinho à parede, até entrar. Vi então uma coisa extraordinária.

Dois dos três santos do outro lado, S. José e S. Miguel (à direita de quem entra na igreja pela porta da frente), tinham descido dos nichos e estavam sentados nos seus altares. As dimensões não eram as das próprias imagens, mas de homens. Falavam para o lado de cá, onde estão os altares de S. João Batista e S. Francisco de Sales. Não posso descrever o que senti. Durante algum tempo, que não chego a calcular, fiquei sem ir para diante nem para trás, arrepiado e trêmulo. Com certeza, andei beirando o abismo da loucura, e não caí nele por misericórdia divina. Que perdi a consciência de mim mesmo e de toda outra realidade que não fosse aquela, tão nova e tão única, posso firmá-lo; só assim se explica a temeridade com que, dali a algum tempo, entrei mais pela igreja, a fim de olhar também para o lado oposto. Vi aí a mesma coisa: S. Francisco de Sales e S. João, descidos dos nichos, sentados nos altares e falando com os outros santos.

Tinha sido tal a minha estupefação que eles continuaram a falar, creio eu, sem que eu sequer ouvisse o rumor das vozes. Pouco a pouco, adquiri a percepção delas e pude compreender que não tinham interrompido a conversação; distingui-as, ouvi claramente as palavras, mas não pude colher desde logo o sentido. Um dos santos, falando para o lado do altar-mor, fez-me voltar a cabeça, e vi então que S. Francisco de Paula, o orago da igreja, fizera a mesma coisa que os outros e falava para eles, como eles falavam entre si. As vozes não subiam do tom médio e, contudo, ouviam-se bem, como se as ondas sonoras tivessem recebido um poder maior de transmissão. Mas, se tudo isso era espantoso, não menos o era a luz, que não vinha de parte nenhuma, porque os lustres e castiçais estavam todos apagados; era como um luar, que ali penetrasse, sem que os olhos pudessem ver a lua; comparação tanto mais exata quanto que, se fosse realmente luar, teria deixado alguns lugares escuros, como ali acontecia, e foi num desses recantos que me refugiei.

Já então procedia automaticamente. A vida que vivi durante esse tempo todo, não se pareceu com a outra vida anterior e posterior. Basta considerar que, diante de tão estranho espetáculo, fiquei absolutamente sem medo; perdi a reflexão, apenas sabia ouvir e contemplar.

Compreendi, no fim de alguns instantes, que eles inventariavam e comentavam as orações e implorações daquele dia.

Cada um notava alguma coisa. Todos eles, terríveis psicólogos, tinham penetrado a alma e a vida dos fiéis, e desfibravam os sentimentos de cada um, como os anatomistas escalpelam um cadáver. S. João Batista e S. Francisco de Paula, duros ascetas, mostravam-se às vezes enfadados e absolutos. Não era assim S. Francisco de Sales; esse ouvia ou contava as coisas com a mesma indulgência que presidira ao seu famoso livro da *Introdução à vida devota*[3].

Era assim, segundo o temperamento de cada um, que eles iam narrando e comentando. Tinham já contado casos de fé sincera e castiça, outros de indiferença, dissimulação e versatilidade; os dois ascetas estavam a mais e mais anojados, mas S. Francisco de Sales recordava-lhes o texto da Escritura: muitos são os chamados e poucos os escolhidos[4], significando assim que nem todos os que ali iam à igreja levavam o coração puro. S. João abanava a cabeça.

– Francisco de Sales, digo-te que vou criando um sentimento singular em santo: começo a descrer dos homens.

– Exageras tudo, João Batista, atalhou o santo bispo, não exageremos nada. Olha, ainda hoje aconteceu aqui uma coisa que me fez sorrir, e pode ser, entretanto, que te indignasse. Os homens não são piores do que eram em outros séculos; descontemos o que há neles ruim, e ficará muita coisa boa. Crê isto e hás de sorrir ouvindo o meu caso.

– Eu?

---

[3] *Introdução à vida devota*: publicado pela primeira vez em 1609, esse livro alcançou grande popularidade, porque se dirigia a todos os cristãos e não somente aos vocacionados para a vida religiosa. Foi escrito por Francisco de Sales (1567-1622) e é considerado um clássico espiritual na tradição cristã.

[4] Muitos são os chamados...: referência ao evangelho de Mateus (22: 14): *Porque muitos são chamados, e poucos são escolhidos.*

– Tu, João Batista, e tu também, Francisco de Paula, e todos vós haveis de sorrir comigo: e, pela minha parte, posso fazê-lo, pois já intercedi e alcancei do Senhor aquilo mesmo que me veio pedir esta pessoa.

– Que pessoa?

– Uma pessoa mais interessante que o teu escrivão, José, e que o teu lojista, Miguel...

– Pode ser, atalhou S. José, mas não há de ser mais interessante que a adúltera que aqui veio hoje prostrar-se a meus pés. Vinha pedir-me que lhe limpasse o coração da lepra da luxúria. Brigara ontem mesmo com o namorado, que a injuriou torpemente, e passou a noite em lágrimas. De manhã, determinou abandoná-lo e veio buscar aqui a força precisa para sair das garras do demônio. Começou rezando bem, cordialmente; mas pouco a pouco vi que o pensamento a ia deixando para remontar aos primeiros deleites. As palavras paralelamente, iam ficando sem vida. Já a oração era morna, depois fria, depois inconsciente; os lábios, afeitos à reza, iam rezando; mas a alma, que eu espiava cá de cima, essa já não estava aqui, estava com o outro. Afinal persignou-se, levantou-se e saiu sem pedir nada.

– Melhor é o meu caso.

– Melhor que isto? Perguntou S. José curioso.

– Muito melhor, respondeu S. Francisco de Sales, e não é triste como o dessa pobre alma ferida do mal da terra, que a graça do Senhor ainda pode salvar. E por que não salvará também a esta outra? Lá vai o que é.

Calaram-se todos, inclinaram-se os bustos, atentos, esperando. Aqui fiquei com medo; lembrou-me que eles, que veem tudo o que se passa no interior da gente, como se fôssemos de vidro, pensamentos recônditos, intenções torcidas, ódios secretos, bem podiam ter-me lido já algum pecado ou gérmen de pecado. Mas não tive tempo de refletir muito; S. Francisco de Sales começou a falar.

– Tem cinquenta anos o meu homem, disse ele, a mulher está de cama, doente de uma erisipela na perna esquerda. Há cinco dias vive aflito porque o mal agrava-se e a ciência não responde pela cura. Vede, porém, até onde pode ir um preconceito público. Ninguém acredita na dor do Sales (ele tem o meu nome), ninguém acredita que ele ame outra coisa que não seja dinheiro, e logo que houve notícia da sua aflição desabou em todo o bairro um aguaceiro de motes[5] e dichotes[6]; nem faltou quem acreditasse que ele gemia antecipadamente pelos gastos da sepultura.

– Bem podia ser que sim, ponderou S. João.

– Mas não era. Que ele é usurário e avaro não o nego; usurário, como a vida, e avaro, como a morte. Ninguém extraiu nunca tão implacavelmente da algibeira dos outros o ouro, a prata, o papel e o cobre; ninguém os amuou[7] com mais zelo e prontidão. Moeda que lhe cai na mão dificilmente torna a sair; e tudo o que lhe sobra das casas mora dentro de um armário de ferro, fechado a sete chaves. Abre-o às vezes, por horas mortas, contempla o dinheiro alguns minutos, e fecha-o outra vez depressa; mas nessas noites não dorme, ou dorme mal. Não tem filhos. A vida que leva é sórdida; come para não morrer, pouco e ruim. A família compõe-se da mulher e de uma preta escrava, comprada com outra, há muitos anos, e às escondidas, por serem de contrabando. Dizem até que nem as pagou, porque o vendedor faleceu logo sem deixar nada escrito. A outra preta morreu há pouco tempo; e aqui

---

5 Motes: sentenças curtas de cunho satírico.
6 Dichotes: zombarias.
7 Amuou: (ant.) guardou, trancou.

vereis se este homem tem ou não o gênio da economia; Sales libertou o cadáver...

E o santo bispo calou-se para saborear o espanto dos outros.

– O cadáver?

– Sim, o cadáver. Fez enterrar a escrava como pessoa livre e miserável, para não acudir às despesas da sepultura. Pouco embora, era alguma coisa. E para ele não há pouco; com pingos d'água é que se alagam as ruas. Nenhum desejo de representação, nenhum gosto nobiliário[8]; tudo isso custa dinheiro, e ele diz que o dinheiro não lhe cai do céu. Pouca sociedade, nenhuma recreação de família. Ouve e conta anedotas da vida alheia, que é regalo gratuito.

– Compreende-se a incredulidade pública, ponderou S. Miguel.

– Não digo que não, porque o mundo não vai além da superfície das coisas. O mundo não vê que, além de caseira eminente, educada por ele, e sua confidente de mais de vinte anos, a mulher deste Sales é amada deveras pelo marido. Não te espantes, Miguel; naquele muro aspérrimo brotou uma flor descorada e sem cheiro mas flor. A botânica sentimental tem dessas anomalias. Sales ama a esposa; está abatido e desvairado com a ideia de perdê-la. Hoje de manhã, muito cedo, não tendo dormido mais de duas horas entrou a cogitar no desastre próximo. Desesperando da terra, voltou-se para Deus; pensou em nós, e especialmente em mim que sou o santo do seu nome. Só um milagre podia salvá-la; determinou vir aqui. Mora perto, e veio correndo. Quando entrou trazia o olhar brilhante e esperançado; podia ser a luz da fé, mas era

[8] Nobiliário: referente à nobreza.

outra coisa muito particular, que vou dizer. Aqui peço-vos que redobreis de atenção.

Vi os bustos inclinarem-se ainda mais; eu próprio não pude esquivar-me ao movimento e dei um passo para diante. A narração do santo foi tão longa e miúda, a análise tão complicada, que não as ponho aqui integralmente, mas em substância.

– Quando pensou em vir pedir-me que intercedesse pela vida da esposa, Sales teve uma ideia específica de usurário, a de prometer-me uma perna de cera[9]. Não foi o crente, que simboliza desta maneira a lembrança do benefício; foi o usurário que pensou em forçar a graça divina pela expectação do lucro. E não foi só a usura que falou, mas também a avareza; porque em verdade, dispondo-se à promessa, mostrava ele querer deveras a vida da mulher – intuição de avaro; – despender é documentar: só se quer de coração aquilo que se paga a dinheiro, disse-lho a consciência pela mesma boca escura. Sabeis que pensamentos tais não se formulam como outros, nascem das entranhas do caráter e ficam na penumbra da consciência. Mas eu li tudo nele logo que aqui entrou alvoroçado, com o olhar fúlgido de esperança; li tudo e esperei que acabasse de benzer-se e rezar.

– Ao menos, tem alguma religião, ponderou S. José.

– Alguma tem, mas vaga e econômica. Não entrou nunca em irmandades e ordens terceiras, porque nelas se rouba o que pertence ao Senhor; é o que ele diz para conciliar a devoção com a algibeira. Mas não se pode ter tudo; é certo que ele teme a Deus e crê na doutrina.

– Bem, ajoelhou-se e rezou.

---

[9] Perna de cera: figura esculpida em cera representando parte do corpo, com intenção votiva, que se deposita em igreja ou capela para pagamento de promessa; ex-voto.

– Rezou. Enquanto rezava, via eu a pobre alma, que padecia deveras, conquanto a esperança começasse a trocar-se em certeza intuitiva. Deus tinha de salvar a doente, por força, graças à minha intervenção, e eu ia interceder; é o que ele pensava, enquanto os lábios repetiam as palavras da oração. Acabando a oração, ficou Sales algum tempo olhando, com as mãos postas; afinal falou a boca do homem, falou para confessar a dor, para jurar que nenhuma outra mão, além da do Senhor, podia atalhar o golpe. A mulher ia morrer... ia morrer... ia morrer... E repetia a palavra, sem sair dela. A mulher ia morrer. Não passava adiante. Prestes a formular o pedido e a promessa não achava palavras idôneas, nem aproximativas, nem sequer dúbias, não achava nada, tão longo era o descostume de dar alguma coisa. Afinal saiu o pedido; a mulher ia morrer, ele rogava-me que a salvasse, que pedisse por ela ao Senhor. A promessa, porém, é que não acabava de sair. No momento em que a boca ia articular a primeira palavra, a garra da avareza mordia-lhe as entranhas e não deixava sair nada. Que a salvasse... que intercedesse por ela...

No ar, diante dos olhos, recortava-se-lhe a perna de cera, e logo a moeda que ela havia de custar. A perna desapareceu, mas ficou a moeda, redonda, luzidia, amarela, ouro puro, completamente ouro, melhor que o dos castiçais do meu altar, apenas dourados. Para onde quer que virasse os olhos, via a moeda, girando, girando, girando. E os olhos a apalpavam, de longe, e transmitiam-lhe a sensação fria do metal e até a do relevo do cunho. Era ela mesma, velha amiga de longos anos, companheira do dia e da noite, era ela que ali estava no ar, girando, às tontas; era ela que descia do teto, ou subia do chão, ou rolava no altar, indo da Epístola ao Evangelho, ou tilintava nos pingentes do lustre.

Agora a súplica dos olhos e a melancolia deles eram mais intensas e puramente voluntárias. Vi-os alongarem-se para mim, cheios de contrição, de humilhação, de desamparo; e a boca ia dizendo algumas coisas soltas, – Deus, – os anjos do Senhor, – as bentas chagas, – palavras lacrimosas e trêmulas, como para pintar por elas a sinceridade da fé e a imensidade da dor. Só a promessa da perna é que não saía. Às vezes, a alma, como pessoa que recolhe as forças, a fim de saltar um valo, fitava longamente a morte da mulher e rebolcava-se no desespero que ela lhe havia de trazer; mas, à beira do valo, quando ia a dar o salto, recuava. A moeda emergia dele e a promessa ficava no coração do homem.

O tempo ia passando. A alucinação crescia, porque a moeda, acelerando e multiplicando os saltos, multiplicava-se a si mesma e parecia uma infinidade delas; e o conflito era cada vez mais trágico. De repente, o receio de que a mulher podia estar expirando, gelou o sangue ao pobre homem e ele quis precipitar-se. Podia estar expirando... Pedia-me que intercedesse por ela, que a salvasse...

Aqui o demônio da avareza sugeria-lhe uma transação nova, uma troca de espécie, dizendo-lhe que o valor da oração era superfino e muito mais excelso que o das obras terrenas. E o Sales, curvo, contrito, com as mãos postas, o olhar submisso, desamparado, resignado, pedia-me que lhe salvasse a mulher. Que lhe salvasse a mulher, e prometia-me trezentos, – não menos, – trezentos padre-nossos e trezentas ave-marias. E repetia enfático: trezentos, trezentas, trezentos... Foi subindo, chegou a quinhentos, a mil padre-nossos e mil ave-marias. Não via esta soma escrita por letras do alfabeto, mas em algarismos, como se ficasse assim mais viva, mais exata, e a obrigação maior, e maior também a sedução. Mil padre-nossos, mil ave-marias. E voltaram as palavras lacrimosas e trêmulas, as bentas chagas, os anjos do Senhor... 1.000 – 1.000 – 1.000. Os quatro algarismos foram crescendo tanto, que encheram a igreja de alto a baixo, e com eles, crescia o esforço do homem, e a confiança também; a palavra saía-lhe mais rápida, impetuosa, já falada, mil, mil, mil, mil ... Vamos lá, podeis rir à vontade, concluiu S. Francisco de Sales.

E os outros santos riram efetivamente, não daquele grande riso descomposto dos deuses de Homero, quando viram o coxo Vulcano[10] servir à mesa, mas de um riso modesto, tranquilo, beato e católico.

Depois, não pude ouvir mais nada. Caí redondamente no chão. Quando dei por mim era dia claro... Corri a abrir todas as portas e janelas da igreja e da sacristia, para deixar entrar o sol, inimigo dos maus sonhos.

---

[10] Vulcano (mit. romana): ou Hefesto para os gregos, nascera muito feio e coxo, filho de Zeus e Hera. Jogado ao mar por sua mãe, é salvo pela deusa Tétis, mas devido ao seu defeito físico é alvo de zombarias. A gargalhada dos deuses do Olimpo diante do andar coxo de Vulcano é narrada por Homero (séc. IX a.C.) na *Ilíada* (Canto I).

UM HOMEM CÉLEBRE[1]

(*Várias histórias*, 1896)

– Ah! o senhor é que é o Pestana? perguntou Sinhazinha Mota, fazendo um largo gesto admirativo. E logo depois, corrigindo a familiaridade: – Desculpe meu modo, mas... é mesmo o senhor?

Vexado, aborrecido, Pestana respondeu que sim, que era ele. Vinha do piano, enxugando a testa com o lenço, e ia chegar à janela, quando a moça o fez parar. Não era baile; apenas um sarau íntimo, pouca gente, vinte pessoas ao todo, que tinham ido jantar com a viúva Camargo, Rua do Areal, naquele dia dos anos dela, cinco de novembro de 1875... Boa e patusca viúva! Amava o riso e a folga, apesar dos sessenta anos em que entrava, e foi a última vez que folgou e riu, pois faleceu nos primeiros dias de 1876. Boa e patusca viúva! Com que alma e diligência arranjou ali umas danças, logo depois do jantar, pedindo ao Pestana que tocasse uma quadrilha! Nem foi preciso acabar o pedido; Pestana curvou-se gentilmente, e correu ao piano. Finda

[1] Este conto foi originalmente publicado na *Gazeta de Notícias*, em 29 de junho de 1888, assinado por Machado de Assis.

a quadrilha, mal teriam descansado uns dez minutos, a viúva correu novamente ao Pestana para um obséquio mui particular.

– Diga, minha senhora.

– É que nos toque agora aquela sua polca *Não bula comigo, nhonhô.*

Pestana fez uma careta, mas dissimulou depressa, inclinou-se calado, sem gentileza, e foi para o piano, sem entusiasmo. Ouvidos os primeiros compassos, derramou-se pela sala uma alegria nova, os cavalheiros correram às damas, e os pares entraram a saracotear a polca da moda. Da moda; tinha sido publicada vinte dias antes, e já não havia recanto da cidade em que não fosse conhecida. Ia chegando à consagração do assobio e da cantarola noturna.

Sinhazinha Mota estava longe de supor que aquele Pestana que ela vira à mesa de jantar e depois ao piano, metido numa sobrecasaca cor de rapé, cabelo negro, longo e cacheado, olhos cuidosos, queixo rapado, era o mesmo Pestana compositor; foi uma amiga que lho disse quando o viu vir do piano, acabada a polca. Daí a pergunta admirativa. Vimos que ele respondeu aborrecido e vexado. Nem assim as duas moças lhe pouparam finezas, tais e tantas, que a mais modesta vaidade se contentaria de as ouvir; ele recebeu-as cada vez mais enfadado, até que, alegando dor de cabeça, pediu licença para sair. Nem elas, nem a dona da casa, ninguém logrou retê-lo. Ofereceram-lhe remédios caseiros, algum repouso, não aceitou nada, teimou em sair e saiu. Rua fora, caminhou depressa, com medo de que ainda o chamassem; só afrouxou, depois que dobrou a esquina da Rua Formosa. Mas aí mesmo esperava-o a sua grande polca festiva. De uma casa modesta, à direita, a poucos metros de distância, saíam as notas da composição do dia, sopradas em clarineta. Dançava-se. Pestana parou alguns instantes, pensou em arrepiar caminho[2], mas dispôs-se a andar, estugou o passo, atravessou a rua, e seguiu pelo lado oposto ao da casa do baile. As notas foram-se perdendo, ao longe, e o nosso homem entrou na Rua do Aterrado, onde morava. Já perto de casa, viu vir dois homen; um deles, passando rentezinho com o Pestana, começou a assobiar a mesma polca, rijamente, com brio, e o outro pegou a tempo na música, e aí foram os dois abaixo, ruidosos e alegres, enquanto o autor da peça, desesperado, corria a meter-se em casa.

Em casa, respirou. Casa velha, escada velha, um preto velho que o servia, e que veio saber se ele queria cear.

– Não quero nada, bradou o Pestana; faça-me café e vá dormir.

Despiu-se, enfiou uma camisola, e foi para a sala dos fundos. Quando o preto acendeu o gás da sala, Pestana sorriu e, dentro d'alma, cumprimentou uns dez retratos que pendiam da parede. Um só era a óleo, o de um padre, que o educara, que lhe ensinara latim e música, e que, segundo os ociosos, era o próprio pai do Pestana. Certo é que lhe deixou em herança aquela casa velha, e os velhos trastes, ainda do tempo de Pedro I. Compusera alguns motetes[3] o padre, era doido por música, sacra ou profana, cujo gosto incutiu no moço, ou também lhe transmitiu no sangue, se é que tinham razão as bocas vadias, coisa de que se não ocupa a minha história, como ides ver.

---

[2] Arrepiar caminho: voltar pelo mesmo caminho.

[3] Motetes: composições sacras.

Os demais retratos eram de compositores clássicos, Cimarosa[4], Mozart[5], Beethoven[6], Gluck[7], Bach[8], Schumann[9], e ainda uns três, alguns gravados, outros litografados, todos mal encaixilhados e de diferente tamanho, mas postos ali como santos de uma igreja. O piano era o altar; o evangelho da noite lá estava aberto: era uma sonata de Beethoven.

Veio o café; Pestana engoliu a primeira xícara, e sentou-se ao piano. Olhou para o retrato de Beethoven, e começou a executar a sonata, sem saber de si, desvairado ou absorto, mas com grande perfeição. Repetiu a peça, depois parou alguns instantes, levantou-se e foi a uma das janelas. Tornou ao piano; era a vez de Mozart, pegou de um trecho, e executou-o do mesmo modo, com a alma alhures. Haydn[10] levou-o à meia-noite e à segunda xícara de café.

---

4 Cimarosa, Doménico (1749-1801): compositor clássico italiano, escreveu inúmeras óperas e foi o compositor da corte em S. Petersburgo, a convite da imperatriz russa Catarina II.

5 Mozart, Wolfgang Amadeus (1756-1791): músico e compositor austríaco, é considerado um dos compositores mais importantes da história da música clássica. Sua fama advém em boa parte pelo fato de ter revelado precocemente sua genialidade musical.

6 Beethoven, Ludwig Van (1770-1827): compositor nascido em Bonn, Alemanha, desenvolveu sua carreira em Viena. Pertence ao período de transição entre o Classicismo e o Romantismo, e é considerado um dos pilares da música ocidental. Suas obras mais conhecidas são as Nove Sinfonias e a Missa Solene.

7 Gluck, Christoph W. (1714-1787): compositor alemão do período de transição entre o Barroco e o Classicismo, foi um dos responsáveis pela renovação da ópera séria.

8 Bach, Johann Sebastian (1685-1750): compositor, cravista, regente, organista, violonista e professor, nasceu na Turíngia, região central da Alemanha. Segundo alguns, sua obra resume toda a história da música, enquanto síntese de tudo o que havia até então em termos musicais.

9 Schumann, Robert (1810-1856): pianista, compositor e crítico musical alemão, foi um dos maiores compositores do Romantismo.

10 Haydn, Joseph (1732-1809): austríaco, foi um dos mais importantes compositores do período clássico, fazendo parte, junto com Mozart e Beethoven, do que se costumou chamar mais tarde de "Trindade clássica vienense".

Entre meia-noite e uma hora, Pestana pouco mais fez que estar à janela e olhar para as estrelas, entrar e olhar para os retratos. De quando em quando ia ao piano, e, de pé, dava uns golpes soltos no teclado, como se procurasse algum pensamento; mas o pensamento não aparecia e ele voltava a encostar-se à janela. As estrelas pareciam-lhe outras tantas notas musicais fixadas no céu à espera de alguém que as fosse descolar; tempo viria em que o céu tinha de ficar vazio, mas então a terra seria uma constelação de partituras. Nenhuma imagem, desvario ou reflexão trazia uma lembrança qualquer de Sinhazinha Mota, que entretanto, a essa mesma hora, adormecia, pensando nele, famoso autor de tantas polcas amadas. Talvez a ideia conjugal tirou à moça alguns momentos de sono. Que tinha? Ela ia em vinte anos, ele em trinta, boa conta. A moça dormia ao som da polca, ouvida de cor, enquanto o autor desta não cuidava nem da polca nem da moça, mas das velhas obras clássicas, interrogando o céu e a noite, rogando aos anjos, em último caso ao diabo. Por que não faria ele uma só que fosse daquelas páginas imortais?

Às vezes, como que ia surgir das profundezas do inconsciente uma aurora de ideia; ele corria ao piano, para aventá-la[11] inteira, traduzi-la, em sons, mas era em vão; a ideia esvaía-se. Outras vezes, sentado, ao piano, deixava os dedos correrem, à ventura, a ver se as fantasias brotavam deles, como dos de Mozart; mas nada, nada, a inspiração não vinha, a imaginação deixava-se estar dormindo. Se acaso uma ideia aparecia, definida e bela, era eco apenas de alguma peça alheia, que a memória repetia, e que ele supunha inventar. Então, irritado, erguia-se, jurava abandonar a arte,

---

[11] Aventá-la: revelá-la.

ir plantar café ou puxar carroça; mas daí a dez minutos, ei-lo outra vez, com os olhos em Mozart, a imitá-lo ao piano.

Duas, três, quatro horas. Depois das quatro foi dormir; estava cansado, desanimado, morto; tinha que dar lições no dia seguinte. Pouco dormiu; acordou às sete horas. Vestiu-se e almoçou.

– Meu senhor quer a bengala ou o chapéu-de-sol? perguntou o preto, segundo as ordens que tinha, porque as distrações do senhor eram frequentes.

– A bengala.

– Mas parece que hoje chove.

– Chove, repetiu Pestana maquinalmente.

– Parece que sim, senhor, o céu está meio escuro.

Pestana olhava para o preto, vago, preocupado. De repente:

– Espera aí.

Correu à sala dos retratos, abriu o piano, sentou-se e espalmou as mãos no teclado. Começou a tocar alguma coisa própria, uma inspiração real e pronta, uma polca, uma polca buliçosa, como dizem os anúncios. Nenhuma repulsa da parte do compositor; os dedos iam arrancando as notas, ligando-as, meneando-as; dir-se-ia que a musa compunha e bailava a um tempo. Pestana esquecera as discípulas, esquecera o preto, que o esperava com a bengala e o guarda-chuva, esquecera até os retratos que pendiam gravemente da parede. Compunha só, teclando ou escrevendo, sem os vãos esforços da véspera, sem exasperação, sem nada pedir ao céu, sem interrogar os olhos de Mozart. Nenhum tédio. Vida, graça, novidade, escorriam-lhe da alma como de uma fonte perene.

Em pouco tempo estava a polca feita. Corrigiu ainda alguns pontos, quando voltou para jantar: mas já a cantarolava, andando, na rua. Gostou dela; na composição recente e inédita circulava o sangue da paternidade e da vocação. Dois dias depois, foi levá-la ao editor das outras polcas suas, que andariam já por umas trinta. O editor achou-a linda.

– Vai fazer grande efeito.

Veio a questão do título. Pestana, quando compôs a primeira polca, em 1871, quis dar-lhe um título poético, escolheu este: *Pingos de sol*. O editor abanou a cabeça, e disse-lhe que os títulos deviam ser, já de si, destinados à popularidade, ou por alusão a algum sucesso do dia, – ou pela graça das palavras; indicou-lhe dois: *A Lei de 28 de setembro*[12], ou *Candongas*[13] *não fazem festa*.

– Mas que quer dizer *Candongas não fazem festa*? perguntou o autor.

– Não quer dizer nada, mas populariza-se logo.

Pestana, ainda donzel inédito, recusou qualquer das denominações e guardou a polca, mas não tardou que compusesse outra, e a comichão da publicidade levou-o a imprimir as duas, com os títulos que ao editor parecessem mais atraentes ou apropriados. Assim se regulou pelo tempo adiante.

Agora, quando Pestana entregou a nova polca, e passaram ao título, o editor acudiu que trazia um, desde muitos dias, para a primeira obra que ele lhe apresentasse, título de espavento, longo e meneado. Era este: *Senhora dona, guarde o seu balaio*.

– E para a vez seguinte, acrescentou, já trago outro de cor.

---

12 Lei de 28 de setembro: referência à lei do Ventre Livre, segundo a qual seriam livres os filhos de escravas nascidos a partir de 28 de setembro de 1871, data da promulgação da lei.

13 Candongas: lugares que os feitores desconheciam, onde os escravos se refugiavam para descansar do trabalho; cafofos.

Exposta à venda, esgotou-se logo a primeira edição. A fama do compositor bastava à procura; mas a obra em si mesma era adequada ao gênero, original, convidava a dançá-la e decorava-se depressa. Em oito dias, estava célebre. Pestana, durante os primeiros, andou deveras namorado da composição, gostava de a cantarolar baixinho, detinha-se na rua, para ouvi-la tocar em alguma casa, e zangava-se quando não a tocavam bem. Desde logo, as orquestras de teatro a executaram, e ele lá foi a um deles. Não desgostou também de a ouvir assobiada, uma noite, por um vulto que descia a Rua do Aterrado.

Essa lua de mel durou apenas um quarto de lua. Como das outras vezes, e mais depressa ainda, os velhos mestres retratados o fizeram sangrar de remorsos. Vexado e enfastiado, Pestana arremeteu contra aquela que o viera consolar tantas vezes, musa de olhos marotos e gestos arredondados, fácil e graciosa. E aí voltaram as náuseas de si mesmo, o ódio a quem lhe pedia a nova polca da moda, e juntamente o esforço de compor alguma coisa ao sabor clássico, uma página que fosse, uma só, mas tal que pudesse ser encadernada entre Bach e Schumann. Vão estudo, inútil esforço. Mergulhava naquele Jordão[14] sem sair batizado. Noites e noites, gastou-as assim, confiado e teimoso, certo de que a vontade era tudo, e que, uma vez que abrisse mão da música fácil...

– As polcas que vão para o inferno fazer dançar o diabo, disse ele um dia, de madrugada, ao deitar-se.

Mas as polcas não quiseram ir tão fundo. Vinham à casa de Pestana, à própria sala dos retratos, irrompiam tão

[14] Jordão: referência ao Rio Jordão, um dos mais importantes do Oriente Médio, onde, segundo a Bíblia, Jesus Cristo teria sido batizado.

prontas, que ele não tinha mais que o tempo de as compor, imprimi-las depois, gostá-las alguns dias, aborrecê-las, e tornar às velhas fontes, donde lhe não manava[15] nada. Nessa alternativa viveu até casar, e depois de casar.

– Casar com quem? perguntou Sinhazinha Mota ao tio escrivão que lhe deu aquela notícia.

– Vai casar com uma viúva.

– Velha?

– Vinte e sete anos.

– Bonita?

– Não, nem feia, assim, assim. Ouvi dizer que ele se enamorou dela, porque a ouviu cantar na última festa de S. Francisco de Paula. Mas ouvi também que ela possui outra prenda, que não é rara, mas vale menos: está tísica.

Os escrivães não deviam ter espírito, – mau espírito, quero dizer. A sobrinha deste sentiu no fim um pingo de bálsamo, que lhe curou a dentadinha da inveja. Era tudo verdade. Pestana casou daí a dias com uma viúva de vinte e sete anos, boa cantora e tísica. Recebeu-a como a esposa espiritual do seu gênio. O celibato era, sem dúvida, a causa da esterilidade e do transvio, dizia ele consigo; artisticamente considerava-se um arruador de horas mortas; tinha as polcas por aventuras de petimetres[16]. Agora, sim, é que ia engendrar uma família de obras sérias, profundas, inspiradas e trabalhadas.

Essa esperança abotoou desde as primeiras horas do amor, e desabrochou à primeira aurora do casamento. Maria, balbuciou a alma dele, dá-me o que não achei na solidão das noites, nem no tumulto dos dias.

---

[15] Manava: jorrava.

[16] Petimetres: ver nota 8, p. 49.

Desde logo, para comemorar o consórcio, teve ideia de compor um noturno. Chamar-lhe-ia *Ave, Maria*. A felicidade como que lhe trouxe um princípio de inspiração; não querendo dizer nada à mulher, antes de pronto, trabalhava às escondidas; coisa difícil, porque Maria, que amava igualmente a arte, vinha tocar com ele, ou ouvi-lo somente, horas e horas, na sala dos retratos. Chegaram a fazer alguns concertos semanais, com três artistas, amigos do Pestana. Um domingo, porém, não se pôde ter o marido, e chamou a mulher para tocar um trecho do noturno; não lhe disse o que era nem de quem era. De repente, parando, interrogou-a com os olhos.

– Acaba, disse Maria; não é Chopin[17]?

Pestana empalideceu, fitou os olhos no ar, repetiu um ou dois trechos e ergueu- se. Maria assentou-se ao piano, e, depois de algum esforço de memória, executou a peça de Chopin. A ideia, o motivo eram os mesmos; Pestana achara-os em algum daqueles becos escuros da memória, velha cidade de traições. Triste, desesperado, saiu de casa, e dirigiu-se para o lado da ponte, caminho de S. Cristóvão.

– Para que lutar? dizia ele. Vou com as polcas... Viva a polca!

Homens que passavam por ele, e ouviam isto, ficavam olhando, como para um doido. E ele ia andando, alucinado, mortificado, eterna peteca entre a ambição e a vocação... Passou o velho matadouro; ao chegar à porteira da estrada de ferro, teve ideia de ir pelo trilho acima e esperar o primeiro trem que viesse e o esmagasse. O guarda fê-lo recuar. Voltou a si e tornou a casa.

---

[17] Chopin, Frédéric (1810-1849): compositor e pianista polonês, fez carreira na França, para onde se mudou em 1830 e onde teve seu talento largamente reconhecido.

Poucos dias depois, – uma clara e fresca manhã de maio de 1876, – eram seis horas, Pestana sentiu nos dedos um frêmito particular e conhecido. Ergueu-se devagarinho, para não acordar Maria, que tossira toda noite, e agora dormia profundamente. Foi para a sala dos retratos, abriu o piano, e, o mais surdamente que pôde, extraiu uma polca. Fê-la publicar com um pseudônimo; nos dois meses seguintes compôs e publicou mais duas. Maria não soube nada; ia tossindo e morrendo, até que expirou, uma noite, nos braços do marido, apavorado e desesperado.

Era noite de Natal. A dor do Pestana teve um acréscimo, porque na vizinhança havia um baile, em que se tocaram várias de suas melhores polcas. Já o baile era duro de sofrer; as suas composições davam-lhe um ar de ironia e perversidade. Ele sentia a cadência dos passos, adivinhava os movimentos, porventura lúbricos, a que obrigava alguma daquelas composições; tudo isso ao pé do cadáver pálido, um molho de ossos, estendido na cama... Todas as horas da noite passaram assim, vagarosas ou rápidas, úmidas de lágrimas e de suor, de águas-da-colônia e de Labarraque[18], saltando sem parar, como ao som da polca de um grande Pestana invisível.

Enterrada a mulher, o viúvo teve uma única preocupação: deixar a música, depois de compor um *Réquiem*, que faria executar no primeiro aniversário da morte de Maria. Escolheria outro emprego, escrevente, carteiro, mascate, qualquer coisa que lhe fizesse esquecer a arte assassina e surda.

Começou a obra; empregou tudo, arrojo, paciência, meditação, e até os caprichos do acaso, como fizera outrora,

---

18 Labarraque: solução desinfetante e desodorizante.

imitando Mozart. Releu e estudou o *Réquiem*[19] deste autor. Passaram-se semanas e meses. A obra, célere a princípio, afrouxou o andar. Pestana tinha altos e baixos. Ora achava-a incompleta, não lhe sentia a alma sacra, nem ideia, nem inspiração, nem método; ora elevava-se-lhe o coração e trabalhava com vigor. Oito meses, nove, dez, onze, e o *Réquiem* não estava concluído. Redobrou de esforços; esqueceu lições e amizades. Tinha refeito muitas vezes a obra; mas agora queria concluí-la, fosse como fosse. Quinze dias, oito, cinco... A aurora do aniversário veio achá-lo trabalhando.

Contentou-se da missa rezada e simples, para ele só. Não se pode dizer se todas as lágrimas que lhe vieram sorrateiramente aos olhos, foram do marido, ou se algumas eram do compositor. Certo é que nunca mais tornou ao *Réquiem*.

"Para quê?" dizia ele a si mesmo.

Correu ainda um ano. No princípio de 1878, apareceu-lhe o editor.

– Lá vão dois anos, disse este, que nos não dá um ar da sua graça. Toda a gente pergunta se o senhor perdeu o talento. Que tem feito?

– Nada.

– Bem sei o golpe que o feriu; mas lá vão dois anos. Venho propor-lhe um contrato: vinte polcas durante doze meses; o preço antigo, e uma porcentagem maior na venda. Depois, acabado o ano, podemos renovar.

Pestana assentiu com um gesto. Poucas lições tinha, vendera a casa para saldar dívidas, e as necessidades iam comendo o resto, que era assaz escasso. Aceitou o contrato.

---

19 *Réquiem*: referência à composição de Mozart, que morreu antes de finalizá-la, é considerada uma das mais belas obras sacras de todos os tempos. O réquiem é uma composição sobre o texto litúrgico da missa dos mortos, cujo introito começa com as palavras latinas *réquiem aeternam* (repouso eterno).

– Mas a primeira polca há de ser já, explicou o editor. É urgente. Viu a carta do Imperador ao Caxias? Os liberais foram chamados ao poder; vão fazer a reforma eleitoral. A polca há de chamar-se: *Bravos à eleição direta!* Não é política; é um bom título de ocasião.

Pestana compôs a primeira obra do contrato. Apesar do longo tempo de silêncio, não perdera a originalidade nem a inspiração. Trazia a mesma nota genial. As outras polcas vieram vindo, regularmente. Conservara os retratos e os repertórios; mas fugia de gastar todas as noites ao piano, para não cair em novas tentativas. Já agora pedia uma entrada de graça, sempre que havia alguma boa ópera ou concerto de artista, ia, metia-se a um canto, gozando aquela porção de coisas que nunca lhe haviam de brotar do cérebro. Uma ou outra vez, ao tornar para casa, cheio de música, despertava nele o maestro inédito; então, sentava-se ao piano, e, sem ideia, tirava algumas notas, até que ia dormir, vinte ou trinta minutos depois.

Assim foram passando os anos, até 1885. A fama do Pestana dera-lhe definitivamente o primeiro lugar entre os compositores de polcas; mas o primeiro lugar da aldeia não contentava a este César, que continuava a preferir-lhe, não o segundo, mas o centésimo em Roma. Tinha ainda as alternativas de outro tempo, acerca de suas composições; a diferença é que eram menos violentas. Nem entusiasmo nas primeiras horas, nem horror depois da primeira semana; algum prazer e certo fastio.

Naquele ano, apanhou uma febre de nada, que em poucos dias cresceu, até virar perniciosa. Já estava em perigo, quando lhe apareceu o editor, que não sabia da doença, e ia dar-lhe notícia da subida dos conservadores, e pedir-lhe uma polca de ocasião. O enfermeiro, pobre clarineta de teatro, referiu-lhe o estado do Pestana, de modo que o editor entendeu calar-se. O doente é que instou para que lhe dissesse o que era; o editor obedeceu.

– Mas há de ser quando estiver bom de todo, concluiu.

– Logo que a febre decline um pouco, disse o Pestana.

Seguiu-se uma pausa de alguns segundos. O clarineta foi pé ante pé preparar o remédio; o editor levantou-se e despediu-se.

– Adeus.

– Olhe, disse o Pestana, como é provável que eu morra por estes dias, faço-lhe logo duas polcas; a outra servirá para quando subirem os liberais.

Foi a única pilhéria que disse em toda a vida, e era tempo, porque expirou na madrugada seguinte, às quatro horas e cinco minutos, bem com os homens e mal consigo mesmo.